KB200693

it takes
two hearts
to tango

우리의
심장이 함께
춤을 출 때

탱고,
나를 기다려준
사랑과 인생의 춤

보배 에세이

mellite

뭐든지 상관없어요.
당신이 원하는 것은 무엇이든 자유롭게 하세요.
단 하나의 것에만 얽매이지 마세요.

●

마리아노 치초 프룸볼리
Mariano Chicho Frúmboli

Step into the vibrant realm of tango as Bobae takes you on an unforgettable journey. From the heat of passionate competitions to the tender moments of love and companionship, this essay paints a vivid picture of the tango experience. Prepare to be swept away on a mesmerizing dance through life's most captivating moments.

Christian Palomo

I highly recommend diving into this book where Bobae delves into the multifaceted world of tango, exploring its presence in various aspects of life. From competitions to travels with friends, love, pregnancy, and motherhood, she beautifully illustrates how tango intertwines with and becomes a part of everything. An enriching read that offers profound insights into the power of dance to shape our experiences.

Melisa Sacchi

열정적인 탱고의 세계로 들어가는 잊지 못할 여정을 보배가 안내합니다. 탱고 대회의 열기부터 사랑하는 동반자와의 다정한 순간까지, 이 에세이는 탱고의 경험을 생생하게 그려냅니다. 인생의 가장 매혹적인 순간들을 따라 펼쳐지는 황홀한 춤에 몸을 맡길 준비를 하세요.

크티스티안 팔로모

다채로운 탱고의 세계를 탐구하며 삶의 다양한 측면에서 그 존재감을 조명하는 이 책을 강력히 추천합니다. 탱고 대회, 친구들과의 여행, 사랑, 임신과 모성에 이르기까지 보배는 탱고가 삶의 모든 것과 얽히고 하나가 되는 과정을 아름답게 그려냅니다. 춤이 우리의 경험을 어떻게 형성하는지 진지한 통찰과 풍성한 읽을거리를 담고 있습니다.

멜리사 사치

외래어는 국립국어원 표기법과 용례를 준수하되,
이미 널리 쓰이는 일부 인명과 탱고 용어 등은 예외로 했습니다.

다 정 한
까 베 세 오

홍대입구역 근처 한 건물로 들어서 지하로 내려간다.
꼭 닫힌 문 사이로 피아노, 바이올린, 반도네온, 베이스
가 내는 음악 소리가 묵직하게 새어 나온다.
'오늘은 누가 왔을까. 지난번 내 까베세오를 거절한 그
사람도 있을까. 오늘은 어떤 곡을 가장 즐겁게 추게 될
까.'
토끼 굴로 들어가는 이상한 나라의 앨리스가 된 것 같
기도 하고 블랙홀에 빨려드는 것 같기도 한 긴장감을
느끼며 조심스럽게 계단을 내려가 밀롱가로 들어간다.

긴장감과 설렘으로 인해 요동치는 마음을 애써 누르고 문을 연다.

탱고를 추는 장소, 밀롱가에 들어가니 익숙한 얼굴들이 보인다. 자리에 앉은 사람들의 시선이 문 앞에 선 내 쪽으로 쏠리고, 나는 아무렇지 않은 듯 눈인사를 하며 사람들이 춤추고 있는 플로어의 가장자리를 걸어 들어간다. 유독 반가운 얼굴이 보이면 멈춰 서 가벼운 입맞춤 인사인 '베소beso'를 나누며 안부를 묻는다. 주인이 있는 바bar에 도착해 출입 등록을 하고, 드레스업을 하기 위해 탈의실로 들어간다.

탈의실 문을 여니 새까맣고 풍성한 머리칼을 가진 하얀 피부의 이가 쨍한 빨간 립스틱을 바르며 인사를 하고, 또 다른 이는 새로 구입한 듯 보이는 짙은 브라운 컬러의 원피스를 입고 뒷모습을 확인한다. 집에서 공들여 화장하고 온 나는 곧 일상의 옷을 벗어내고 챙겨간 버건디색 탱고 드레스를 입고 9센티미터의 힐로 갈아 신는다. 사회적 가면이자 역할을 훌훌 벗어버리고 자유로워지는 순간이다.

평소에는 직업상 주로 어두운 색의 정장 바지나 무릎 아래로 내려오는 치마 등 단정한 옷을 입는다. 하지만 지하 1층 밀롱가에 내려온 다음부터는 앞이 깊게 파이 거나 몸의 선을 적나라하게 드러내는 옷을 얼마든지 마음 내키는 대로 입을 수 있다. 순전히 취향대로 자신 을 마음껏 꾸밀 수 있는 시간이다. 밀롱가는 직업, 나 이, 지역 등 사회적 배경과 상관없이 순전히 탱고로 관 계를 쌓고 춤을 추는 곳이다.

나는 밀롱가 탈의실 특유의 세월 묵은 쿰쿰한 냄새와 탈의실 밖에서 들리는 1930년대 황금기의 탱고 음악 을 사랑한다. 그 음악은 8년 전 나의 친구, 첫 탱고 수 업, 연애의 시작 등 다양한 기억을 환기하기에 충분하 다. 그럴 때면 나는 과거의 그 순간을 충분히 그리워하 며 행복해할 수 있다.

악단마다 다른 음악의 분위기와 에너지, 그것을 표현하는 무작위의 춤 상대 그리고 상대방 신발 속 미묘한 발가락의 움직임까지. 탱고는 참 섬세하고, 매번 새로운 춤이다.

상대방과 음악에 온전히 몰입해 탱고를 추고 나면 나는 세상의 모든 번잡한 소리로부터 벗어나 숨통 구멍이 생긴 것 같은 기분이 든다. 언제인가 몰입과 집중은 인간이 가장 행복함을 느끼는 요소라는 글귀를 읽었던 기억이 난다. 누구에게는 이 '순수한 몰입의 세계'가 수채화를 채색하며 보내는 대여섯 시간일 수도 있고, 사랑하는 가족과 바다로 여행을 떠나는 것일 수도 있겠지만, 내게는 이 쓸쓸하고 애절한 음악 안에서 그날의 감성을 상대방과 공유하고, 친밀함을 느끼는 '탱고를 추는 순간'이다. 유독 마음이 지치고 힘들면 밀롱가에 내려가 엉킨 마음을 춤으로 풀고 음악과 상대에게 온전히 집중하며 생활로부터 자유로워지는 시간 말이다.

까베세오(cabeceo)

탱고의 춤 신청 방식

밀롱가(milonga)

탱고를 추는 장소 또는 빠른 박자의 탱고 음악

차 례

여름의 도시, 방콕

열 명 남짓의 사람.

미국에서 탱고를 배운 태국인 선생님과

그 옆에서 도우미를 하는 애교 많은 태국인 선생님.

일본인 두 명, 베트남에서 온 한 명, 태국인 한 명,

나를 포함한 한국인 두 명까지 총 여섯 명의 학생까지.

국적도 나이도 모두 달랐지만 우리는 탱고를 배우기 위해

방콕의 댄스 아카데미 초급반에 모였다.

건물 1층에 들어서면

2층 에스컬레이터에서부터

내 이름을 부르며 웃는 탱고 선생님이 있다.

슈즈를 갈아 신고 수업에 들어가니

아직 낯설게만 느껴지는 탱고 음악이 들린다.

맑고 가녀린 음색의 바이올린,

피아노의 경쾌한 또로롱 소리,

거기에 분위기를 잡아주는 구슬픈 반도네온.

도우미 선생님의 높은 톤의

'원 투 스리' 카운팅.

하나 둘 셋.

탱고의 시작.

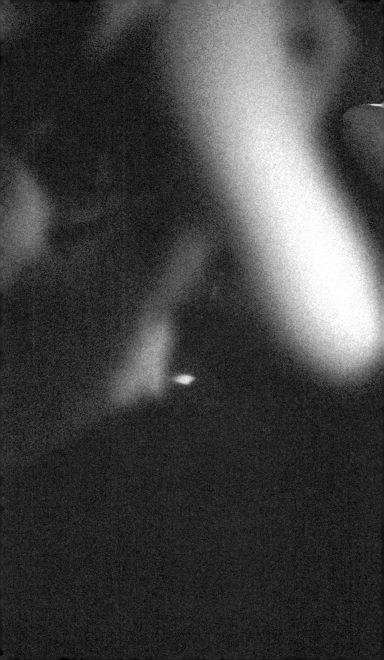

나를 위한
선물 같은
시간

자유롭게 날아오르는 조그만 새처럼 삶을 마음껏 살고 싶었다. 국문학을 전공하면서도 중국어를 배우고 싶어 대뜸 중국으로 어학연수를 가고, 갑자기 태국으로 한국어를 가르치러 떠났다가 다시 한 번 중국어 어학연수를 위해 대만으로 떠났다. 어쩌면 나는 하고 싶은 것도 많고, 고집도 센 사람인지 모르겠다.

원하는 만큼 자유로우려면 그만한 경제력을 갖춰야 한다고 일찍부터 생각했던 것 같다. 대학 시절부터 각종 아르바이트를 이어오던 중 미국계 여행사에서 인턴을 했는데, 정신을 차려보니 태국 방콕에서 한국인을 대상으로 입시 국어 강사를 하고 있었다. 그리고 어느새 일에 꽁꽁 매인 나만 남았다.

점심은 매일 샌드위치로 때우고, 일 때문에 머리가 아프면 두통을 가시게 하겠다며 또 새벽부터 일을 하고 마는 사회 초년생이 되어 있었다. 갈망했던 자유는 손에서 멀어진 지 오래였다.

내 주변에는 업무가 끝나면 여유롭게 자기만의 시간을 즐기는 친구들이 많았다. 그들은 여가 시간에 등산을 다니거나 외국어를 배우거나 발레나 줌바를 추기도 했다. 하지만 내 미간에는 항상 잔뜩 힘이 들어가 있었고, 눈동자는 지쳐 있었다. 편안하고 즐거워 보이는 친구들의 얼굴을 보며 새삼 억울하고 부러운 마음이 들었다.

20대 초반, 싱가포르로 배낭여행을 갔을 때 같은 게스트하우스에 묵었던 낯선 이가 해준 말이 떠올랐다. 그는 영어권 국가의 사람은 아니었지만 영어를 유창하게 구사했다. 나는 그에게 연신 멋지다고, 당신의 유창한 외국어 실력이 부럽다고 했다. 그때 그는 내게 말했다.

"부러워하면 언젠가는 부러워하던 그 모습으로 살 수 있어요. 누구나 자신이 바라고 원하는 만큼의 삶을 살게 되거든요. 당신도 금방 잘하게 될 거예요."

나의 미숙한 부러움에 용기를 더해주는 말이었다. 부러움이라는 감정이 내 인생의 따뜻한 연료가 되어줄 수 있다고 처음으로 생각해본 날이었다. 나는 이 연료를 종종 꺼내어본다. 그리고 결심했다.

'그래, 하루 24시간 중 나를 위해 단 한 시간이라도 할애해보자. 그 시간만큼은 오로지 나를 위한 선물로 주는 거야.'

천 천 히
스 며 들 다

어릴 때는 시끌벅적함을 꽤 좋아했다. 하교 후에 노래
방이나 오락실에 가서 놀고, 성인이 되어서는 친구들
과 번화가에 가서 밤늦게까지 소주를 마시기도 했다.
번쩍거리고 왁자지껄한 도시의 밤이 내게는 익숙했다.

그러던 20대 중반, 홀로 방콕에서 2년을 보내면서 의
외로 외로움이나 적막함이 나쁘지 않다고 생각하기도
했다. 어쩌면 이런 성정이 나에게 딱 맞는 옷일지도 모
르겠다고 생각하며 익숙해졌다. 하지만 시간이 갈수록
방콕의 화려한 밤 문화는 두려워졌고 나는 생각보다

용감한 사람이 아니라는 것도 깨달았다. 거기에 타지에서 지내면서 맺은 관계들이 이상하리만큼 단번에 모두 사라지게 되니(나처럼 타국에서 온 사람들이 본국으로 돌아가거나 다른 나라로 이주를 하는 일이 잦았다) 어느새 나는 다시 적당한 소란스러움을 찾아 나섰다. 따스한 인기척이 느껴지거나 서로 관심을 주고받을 수 있는 곳을 말이다.

주변에 줌바나 발레를 배우던 친구들이 몇 있었고 그들이 부러웠던 나는 일하는 곳 근처 댄스 학원을 알아봤다. 내가 찾아낸 곳은 살사, 스윙, 플라멩코, 탱고 등 다양한 춤을 배울 수 있는 일종의 댄스 종합 학원이었다. 어떤 춤을 배울까 며칠을 고심하던 나는 수업을 유리창 너머로 구경하다가 탱고를 골랐다. 배우는 인원수가 가장 적기도 했고, 다른 장르에 비해 음악도 축축 처지는 게 매력적이었다. 어쩌면 외롭고 쓸쓸한 당시의 나에게 어울리는 춤일 수 있겠다 싶었다.

수업에서 만난 사람들은 데면데면했다. 과장된 친절함이 보이지 않아 좋았다. 그들은 단지 탱고를 배우는 데 열정적이었다. 춤에 열중하는 사람들을 방해하고 싶지 않다는 이유로 나 역시도 그들과 적당한 거리감을 유지하며 지낼 수 있었다. 서로를 배려했고, 또 서로에게 무관심했다. 그런 분위기가 편했다.

⌣

수업에 가니 선생님은 머리를 비우고 그저 상대방에게 집중해보라고 했다. 나는 그 말을 곧잘 따랐다. 아무 생각을 하지 않아야 한다는 그 시간이 즐거웠다. 탱고는 파트너와 함께 걷는 춤이기 때문에 함께 걷기 위한 '집중력'과 '스스로 잘 서는 것'이 중요했다. 그 이상의 테크닉은 별다른 언급조차 없었다.

함께 수업을 듣는 이들과 손바닥을 맞대고 눈을 감고 걷기. 그게 처음 6개월간 배운 전부였다. 탱고 수업이 끝나면 어쩐지 뇌가 가벼워지고 정신도 맑아지는 게 명상을 한 것 같았다. 종종 친절한 캐나다 할아버지와 연습을 하고 있으면 선생님이 달려왔다. 선생님은 그에게 나를 가리키며, 이 아이는 꽃처럼 섬세하기 때문에 정말 조심스럽게 춤을 춰야 한다고 당부했다.

수업은 매주 한 번, 한 시간이었다. 하지만 곧 연습이다, 밀롱가다 하면서 댄스 학원에 가는 횟수가 조금씩 늘었다. 주기적으로 만나는 사람들의 은은한 호의와 배려 덕분이었을 것이다.

나는 탱고라는 춤에 단번에 흠뻑 빠져버린 경우는 아니다. 크고 작은 경험들, 나를 위해주는 복잡 미묘한 호의의 마음들. 그것들이 내게는 커다란 위로가 되었고 탱고를 지속할 수 있는 힘이 되어준 것 같다. 낯선 타지에 나를 위해주는 반가운 선생님과 친구가 생기고, 익숙해진 음악을 듣고 또 들으면서, 그렇게 몇 년간 천천히 탱고에 스며들었다.

탱고를
선택한
하루

아침에 눈을 떠 그대로 누운 채 스마트폰을 열고 이것 저것 살펴본다. 나의 SNS 피드에는 수많은 댄서들의 공연이나 먼 나라 탱고인들의 연습 영상이 가득하다. 운동복을 입고 열심히 발끝을 포인팅하는 모습, 꼬마들이 뛰어다니는 연습실에서 부부 댄서가 합을 맞추는 모습, 헬스장에서 열심히 볼레오 동작을 연습하는 모습 들을 보면서 '나도 연습해야지' 하며 분발한다.

스마트폰에서 시선을 돌려 옆에서 자고 있는 남편을 깨웠다. 기어들어가는 목소리로 "운동 갈 시간이야…"

라고 말했다. 남편은 더 기어들어가는 목소리로 "싫어…"라고 답했지만, 금방 일어나서 운동용 반바지로 갈아입었다. 탱고를 추러 가는 날에는 조금 졸리고 귀찮아도 아침 운동을 먼저 하고 가려고 한다. 그러면 그날은 왠지 '피벗'이나 '디소시에이션'이 더 쉽게 되는 것 같으니 귀찮아도 포기할 수 없다. 탱고를 잘 추려면 탄탄한 다리 근육과 코어가 필수이기도 하니까.

헬스장에 함께 간 남편은 잠이 다 깼는지 옆에서 "플랭크나 상체 운동을 하면 갈비뼈를 닫을 수 있어서 중심을 잘 잡을 수 있을 거야!"라든지, "힙 어덕션으로 중둔근 운동을 하면 골반이 옆으로 빠지지 않고 춤을 출 수 있어!"라며 열정을 입으로 불태운다. 누가 보면 우리가 탱고를 엄청나게 잘 추는 줄 알겠지만 사실 이렇게 해도 여전히 초보 수준에서 벗어나기 어려운 게 탱고다. 아무리 해도 너무 어려워서 질리지 않는다는 게 탱고의 장점이자 단점이다.

운동을 마친 후 부랴부랴 씻고 탱고를 매개로 알게 된 동갑내기 친구를 만나러 나갈 채비를 했다. 밀롱가가 있는 동네에서 만나 탱고 수다에 한참 열을 올렸다. 탱고 이야기를 하다 보면 시간이 언제 이렇게 흘렀나 싶다. 점심 즈음해서 만났는데 어느새 어둑어둑해졌다. 이제 각자 챙겨온 9센티미터 높이의 슈즈를 들고 같이 탱고를 추러 갈 것이다. 남편도 볼일을 마치고 와 합류할 예정이다.

탱고를 추는 사람들은 낮 동안 각자의 일을 열심히 하고 특정 요일, 특정 시간이 되면 밀롱가로 모인다. 어떤 하루를 보냈건 북적이는 도심의 지하 속으로 내려가 비생산적이라면 비생산적인 탱고에 완벽히 몰두하기 위해 말이다. 같은 것을 사랑하는 사람들이 모여 붐비는 장소는 어디든 그 열정으로 뜨겁다.

문득 탱고를 추지 않았더라면 나는 어떤 주말을 보내고 있을지 상상해보았다. 지금 내 곁의 친구, 남편, 그리고 일요일 저녁의 음악과 춤이 모두 신기루처럼 사라진다. 주변의 모든 것이 뿌연 스모그로 가려진 것처럼 희미해지다가 곧 새하얗게 소멸된다. 이토록 많은 것들이 탱고와 함께 파도처럼 나에게 밀려왔다. 한 사람과 연인 관계를 시작하면 그 사람과 관련된 한 세상이 함께 오는 거라던 말이 떠오른다. 그와 연결된 다른 인연들, 그의 서재, 그의 과거.

탱고가 내게 그렇다. 소중한 사람들, 춤과 음악에 관한 지식들, 그리고 많은 추억. 사람들은 종종 "우리가 탱고를 선택하는 것이 아니라 탱고가 우리를 선택하는 것"이라는 이야기를 한다. 잠시 스쳐가는 단순한 취미일 뿐인 사람들도 있겠지만, 탱고에서 헤어나지 못해 몇 년째 '탱고 귀신'이 된 사람들은 감히 탱고에 우리의 인생이 걸렸다고 믿는다. 에너지를 다 써 힘이 없을 때에도, 기분이 울적할 때에도, 날아갈 것처럼 기분 좋은 날에도 언제나 인생이 흐르듯 우리 곁에는 탱고가 흐른다.

가끔은 늘지 않는 실력에 고통스럽고, 머리꼭지가 뜨거워지는 스트레스를 받기도 하지만, 이 모든 게 그저 탱고를 향한 하나의 정념이 아닐까 싶다. 사랑하는 마음이 없다면 생길 일 없는 열정과 같은, 그런 무궁한 정념 말이다. 한동안은 때때로 이런 무거움이 싫어 탱고로부터 벗어나고 싶다는 생각도 했다. 하지만 요즘은 이런 끝없는 세계가 익숙해지고, 그 안에서 함께 허덕이는 사람들에게 동지애를 느낄 뿐이다. 아침에 눈을 뜨고 세수를 하고 물 한잔 마시는 것처럼 탱고를 추는 것이 자연스럽다. 이제 탱고는 내게 걷는 것처럼, 숨 쉬는 것처럼 당연하다.

볼레오(boleo)
한쪽 다리로 반대편 다리를 감는 듯한 동작

피벗(pivot)
구기나 댄스에서 한 발을 축으로 하여 회전하는 것

디소시에이션(dissociation)
상·하체를 분리하는 것

그 문을
열고
들어가면

노란 조명을 받으며 지하로 한 계단 한 계단 내려가면
단단한 철문 하나가 있다. 내려가는 계단 벽에 붙어 있
는 탱고 축제와 강습을 홍보하는 포스터들이 저마다의
색감으로 존재감을 내뿜는다. 철문을 열기 전에는 항
상 약간의 긴장감이 따른다. 문 앞에 앉아 있을 사람은
누구일지, 오늘 DJ의 선곡은 서정적일지, 격정적일지,
아니면 파워풀한 축제 분위기일지, 익숙한 얼굴들은
얼마나 반가울지 기대가 된다.

음악에 휘감긴 채 춤을 추는 이들과 우연히라도 눈을

마주치면 씽긋 눈인사를 주고받는다. 그 인사에 마음이 차오른다. 벽면에 붙은 여섯 개 정도의 테이블을 거쳐 안쪽 바에 도착해 밀롱가 입장료 1만 3,000원을 낸다. 일종의 어른들의 오락 비용이다. 요일에 따라 다르긴 하지만 일찍 도착하면 4~6시간 정도 춤을 출 수 있으니 시간당으로 계산하면 아주 합리적인 가격이다. 커피나 음료도 한 잔 포함된 데에다 간단한 다과가 제공되는 날도 있다.

춤추는 곳에서의 커피라고 해서 가볍게 보면 안 된다. 이탈리아에서 온 고급 원두에 가끔 운이 좋으면 현지에서 활동 중인 전문가가 직접 내린 커피를 맛볼 수도 있다. 따끈하게 내려진 향긋한 아메리카노의 크레마가 반갑다. 밀롱가는 탱고를 추는 이들이 저마다의 재능으로 일궈나가는 공간이 아닐까 싶다. 이곳에서 누구는 사진을 찍고, 누구는 커피를 내리고, 누구는 음악을 선별해 튼다.

밀롱가에는 파트너와 춤을 추는 사람들도 있지만, 바 앞에 기대어 혼자 살랑살랑 어깨춤을 추는 이도 있다. 윤기 나는 긴 머리의 저 사람은 처음 만났을 때나 지금이나 변함없이 상쾌하고 청순하다. 매일 저녁마다 춤을 추면 이토록 활기가 넘칠 수 있는 것인지 감탄하며 응시한다. 한껏 차려입은 드레스와 뾰족한 하이힐, 화려한 액세서리 같은 것들이 그들을 더 아름답고 빛나게 한다. 나 역시 평소의 수수함과는 거리가 있다. 탱고를 추기 시작하고 나서야 스스로를 애써 꾸미기 시작했다. 그럼에도 이 외적인 아름다움을 더 빛나게 하는 건, 춤을 추고 난 직후 얼굴에 흘러넘치는 미소다.

음악과 함께 위로받고, 숨을 쉬고, 비로소 일상에서의 묵은 감정이 정화되는 느낌은 아주 만족스러운 한 판다면 충분하다. 약 10분의 시간 동안 네 곡으로 묶인 음악에 취해 걷다 보면 내가 원래 이렇게 부드럽게 미소 지을 수 있는 사람이었나 싶기도 하다.

오늘은 터키에서 주문한 빨간 H라인 스커트와 아르헨티나 댄서가 직접 만든 반짝거리는 검정색 상의를 가져왔다. 평상시에는 하지 않는 커다랗게 늘어지는 진 줏빛 귀걸이를 하고 팔찌 두 개를 레이어드 할 생각이다. 무채색으로 단정하기만 한 일상과 비교해서 마음껏 드레스업 할 수 있는 주말이다. 집에서 매일 잠옷 차림으로 만나는 남편도 밀롱가에 올 때면 검정 셔츠에 검정 바지를 입고 내가 좋아하는 나무향이 물씬 나는 워터 베이스 향수를 뿌린다. 밀롱가에 오는 날에는 정성껏 가꾼 서로의 모습을 주기적으로 볼 수 있어서 우리 부부에게도 기분 좋은 긴장감이 감돈다.

딴다(tanda)
3~4곡으로 구성된 10분 내외의 음악 세트. 보통 한 파트너와 한 딴다를 춘다.

우 리 의
시 작

벌써 8년 전 일이다. 태국에서 대만을 거쳐 한국에 들
어왔을 때였다. 당시에 준비하던 시험 때문에 바쁜 일
상을 보내고 있었지만 일주일에 한 번은 빼놓지 않고
탱고를 즐겼다. 나는 아무리 바빠도 노는 건 포기할 수
없다는 집념의 젊은이였다. 수업을 알아보기 전에 일
단 매주 밀롱가로 놀러 다니기 시작했다.

어느 날, 밀롱가 운영자 중 한 명이 내게 동호회에 들
어오지 않겠냐고 물었다. 이번에 탱고 동호회에서 초
급 강습을 할 예정인데, 내가 참여해도 좋겠다는 이야

기였다. 나 역시 오래 쉬었던 탱고 수업을 슬슬 다시 시작해야 한다고 생각하던 참이었다.

동호회는 수익성을 목적으로 하지 않기 때문에 관계에 쫀쫀한 인간미가 넘친다. 선생과 제자라는 개념보다는 선후배 같은 느낌이 강하다. 실제로 수업도 먼저 들어온 선배들이 진행하고, 강습비도 8주간 연습실 사용료인 7만 원이 전부다. 탱고를 가르쳐준 선배에게 엄마나 아빠라고 부를 정도로 구성원들끼리 서로 가깝다. 하지만 친근한 관계 유지를 위해서인지 일반 학원보다는 뒤풀이나 술자리가 많다는 이야기를 듣기도 했다. 그 점에 가입을 조금 고민했지만 바로 동호회에 들기로 결정했다. 곧 다시 해외로 장기간 나갈 계획이었기 때문에 그때가 아니면 한국의 탱고 동호회를 체험해볼 기회가 없을 것 같았다.

한 반에는 대략 남녀 열다섯 명씩 총 서른 명 가까이 수업을 들었다. 초급 수강생들은 지하 강습실에 내려오면 선배들이 알려준 대로 곧장 깨끗하게 손을 씻고 양치를 했다. 나를 포함한 동기들은, 탱고가 파트너와 가까이서 손을 잡고 추는 춤이기에 깔끔한 자기 관리도 실력에 포함된다는 선배들의 말을 잘 따르는 병아리들이었다.

주말에 한 번 수업을 듣고, 주중에 한 번 단체 연습에 참여했다. 뒤풀이 참여 여부는 생각보다 자유로웠다. 낯을 오래 가리는 나는 수업만 듣고 슬며시 빠져나가 집에 가는 일을 반복하면서 처음 겪어보는 동호회 문화에 적응해갔다.

태국과 대만에서 만난 사람들처럼 한국의 탱고 동호회 사람들도 굉장히 열정적이었다. 수업 후 밤새 술 마시는 일에도 열정적인 사람들도 있었지만, 탱고 수업을 듣고 집에 가서 장문의 수업 후기와 감사 일기를 써서 온라인 커뮤니티 게시판에 올리는 사람도 있었다. '그'가 바로 대표적인 사람이었다.

날이 더워지는 초여름 무렵, 강습을 해주는 선배들과 거리에서 이야기를 나누고 있었는데 저 멀리서 폴짝이며 달려와 선배들에게 해맑게 인사를 하는 사람을 보았다. 나보다 두 배는 큰 덩치에 비해 애교가 있는 사람이었다. 닉네임도 귀여운 '사랑의 세모'인 그는 매주 수업을 마치면 집에 달려가 밤새 수업 후기를 적는 것 같았다. 나는 게시판에 올라온 그의 글을 즐겨 읽으며 참 성실하고 재미있고 배려심 있는 사람인가 보다 생각했다. 글에 담긴 그는 꽤 호감형이었다.

초급반을 졸업하며 가지게 되는 발표회를 앞두고 그가 내게 파트너를 제안했다. 그를 친근하게 생각하고 있던 나는, 춤을 잘 추는 사람과 파트너를 하고 싶다고 농담했다. 그는 "극기 훈련을 하겠다"는 말로 받아쳤다. 소극적인 내가 여러 사람 앞에서 춤을 추는 발표회까지 참여할 것이라고는 생각도 못했지만 결국 그의 제안을 받아들였다. 매주 그의 수업 후기를 읽으며 섬세하고 성실한 사람이라고 생각했던 터라 적어도 발표회 준비를 하면서 다툴 일은 없을 것 같았다.

발표회를 준비하는 동안 그는 아침마다 기분 좋은 하루를 시작하라는 말과 함께 상큼하고 잔잔한 음악을 보내줬다. 탱고 음악은 아직 잘 모르지만, 아침 음악 DJ 정도는 할 수 있다며 너스레도 떨었다. 연습을 하고 나면 늘 연습 내용과 보완점, 느낀 점 등을 빼곡하게 적어 공유했다. 연습할 때 찍은 영상을 캡처해 각도를 재서 수정 방향을 제시하기도 했다. 그러면서도 혹시 마음이 상할까 봐 나에 대한 칭찬도 늘 조금씩 곁들였다. 연습은 그다지 재미없었지만, 그가 나에게만 공유해주는 비밀스러운 연습 노트를 읽는 건 즐거웠다.

시간이 지나면서 우리는 점점 가까워졌다. 연습하는 날에 일찍 홍대 근처에 도착해 있으면 그도 노트북을 챙겨와 함께 카페에서 시간을 보냈다. 그 무렵 그가 아침마다 보내주는 음악이 심상치 않음을 느끼고 있었다. 초반에는 피아노 음악이나 기타 연주곡 등을 보내던 그는 언제인가부터 플레이리스트에 동물원의 〈널 사랑하겠어〉, 원 모어 찬스의 〈널 생각해〉, 리사 오노의 〈유 아 더 선샤인 오브 마이 라이프You Are The Sunshine Of My Life〉 등을 추가하기 시작했고, 연습 노트에는 나에 대한 애정 어린 말들을 적었다.

묘하고도 은은하게 마음을 표현하던 그가 어느 날부터 적극적으로 움직이기 시작했다. 내가 다른 남자 회원과 '로맨틱 탱고 위크'라는 행사에 같이 가기로 한 걸 안 뒤부터였다. 그는 뜬금없이 '다른 사람에게 마음 주면 안 된다'는 메시지를 보냈다. 그리고 그 회원과 밥을 먹기로 한 자리에 함께 가도 되냐고 묻기도 했다. 때때로 밤에 전화를 걸어 두세 시간씩 통화를 하기도 했는데, 팟캐스트 듣는 걸 좋아하던 나는 흥미로운 이야기를 술술 풀어내는 그의 이야기를 듣다가 자주 잠들어버렸다. 그만큼 부드럽고 편안한 목소리였다.

정신 차려 보니 그 '다른 남자 회원'은 로맨틱한 탱고 행사에 오지 않게 되었고, 내 옆자리에는 '사랑의 세모'가 앉아 있었다. 그리고 그는 나의 둘도 없는 단짝이자 평생을 함께할 남편이 되었다.

"탱고의 본질은
파트너와 함께 공유한다는 것에 있어요.
이 공유하는 행위에는 상대에 대한
관대함, 정직함, 신뢰가 중요합니다.
이것은 춤의 형식, 스타일과는 전혀 상관이 없어요."

●

마리아노 치초 프룸볼리
Mariano Chicho Frúmboli

우리
대회 나가자

탱고 대회 1

탱고를 추는 데에도 유독 열심히 실력을 갈고닦는 나름의 시험 기간이 있다. 탱고를 춘다는 건 그저 즐기기만 하는 게 아니다. 많은 사람들이 자신의 실력 점검을 위해 대회에 참가하기도 한다. 탱고 대회 기간이 되면, 춤을 추며 노는 공간인 밀롱가에는 평소와 달리 사람들이 싹 사라지고, 미묘한 긴장감이 흐른다.

탱고를 오랫동안 춘 사람들에게는 그렇게 연습을 하기 위해 어디로인가 사라지는 열정의 땅게로스들이 희망찬 미래처럼 보일 것이다. 이제 처음 대회를 준비하는 갓난쟁이 탱고인들에게는 떨림과 긴장의 시간이 시작된다. 물론 대회에 참여하는 건 필수가 아닌 선택이지만 이 시험을 위해 탱고인들은 각자의 취향에 맞는 선생님을 찾아 열심히 수업을 듣고, 몸을 만든다.

아르헨티나 부에노스아이레스 시에서 주관하는 '세계 탱고 챔피언십' 지역 대회를 앞두고 있을 때였다. 코로나 때문에 지난 몇 회 열리지 못했던 이 행사가 다시 개최되면서 사람들은 몰래몰래 자신만의 비밀 병기를 준비 중인 것 같다. 얼마 전 밀롱가에 놀러 갔을 때, 대회를 나갈 만한 사람에게 "요즘은 어떤 선생님 수업을 들으세요?"라고 물어보니 그의 대답은 "비밀인데"였다. 비밀 많은 그처럼 나도 이번 대회에서 은밀히 혼자만의 경쟁을 벌일 예정이다.

사실 탱고는 타인과 경쟁하는 스포츠라기보다 나 스스로와의 고독한 싸움인 예술에 가깝다. '내 춤이 왜 이러지. 왜 다리가 이렇게 자기 멋대로 움직이지. 코어에 힘이 없으니까 꼭 오징어 같네' 하며 우울해하다 보면 대회는 끝날 것이다. 아마 어떤 선생님의 수업을 듣는지 비밀이라고 한 친구도 마찬가지일 것이다. 열심히 준비했지만 여전히 마음에 들지 않을 자신의 모습이 걱정되어 비밀로 하는 것임을 나는 안다.

나의 탱고 파트너는 남편이다. 남편은 결혼 1주년을 맞아 처음으로 둘만의 가족회의를 열었을 때 이상한 소리를 했다. 우리는 서로에게 바라는 점 세 가지를 각각 이야기하기로 했는데, 그의 말은 이랬다. 밥 먹고 식기를 물에 잘 담가놓기, 잠잘 때 커다란 수면 쿠션으로 침대 절반 이상 침범하지 않기, 탱고 연습할 때 잔소리 그만하기. 가족회의를 하는데 탱고 이야기를 꺼내는 남편에게 "지금 이게 가족회의지, 탱고 회의냐"고 항의하다가 정다운 가족회의가 결렬될 뻔했다.

탱고가 시도 때도 없이 출몰해 갈등이 생기는 우리 집. 우리 부부는 탱고 이야기만 나오면 티격태격한다. 부부 생활만큼이나 함께 합을 맞춰야 하는 부분이 많기 때문일 것이다. 결국 우리는 가정의 평화를 위해 탱고를 너무 열심히 하지 말자고 약속했다.

그래도 탱고 대회는 나가고 싶었다. 하지만 남편은 단호하게 나가지 않겠다고 했다. 뭐든 학구적으로 열심히 하는 남편과 달리 나는 노는 걸 좋아하는 스타일이다. 그런데 엄살은 심한 편이고 여기에 잔소리가 더해지는 게 문제다. "허리 아파", "성의 없이 추는 거지, 지금?", "으악, 발 밟지 마" 등등 연습하다 보면 내 입에서는 불평과 곡소리가 끊이질 않는다. 그러다 보니 남편은 나와 연습하는 게 힘들다며 탱고 대회에 나가지 않겠다고 단호하게 대답했다.

늘 바쁘다가 이번에는 대회 기간에 모처럼 시간도 되고, 오랜만에 열리는 탱고 행사라 설레기도 한다고, 남편을 설득하기 시작했다. 하지만 남편은 어차피 연습도 별로 안 했고, 요즘은 춤추는 것 자체가 흥이 나질 않는다며 아무래도 슬럼프 같다고 했다. 그러면서 역시 탱고가 지치는 가장 큰 이유가 내 잔소리 때문인 것 같다고도 살짝 흘렸다. 나는 "당신과 추는 탱고가 제일 재미있어"라고 감언이설로 꾀어보기도 했지만, 아무래도 그는 마음을 돌릴 생각이 없어 보였다. 절망한 나는, 우리에게 탱고를 가르쳐주는 선생님에게 남편 몰래 도움을 요청했다.

"남편이 탱고 대회에 나가지 않겠대… 도와줘(눈물)"

선생님들은 지금 스페인에 살고 있는 아르헨티나 댄서 부부이다. 2016년 세계 탱고 챔피언십 우승자인 두 사람은 우리와 나이도 비슷한데, 성격도 무척 좋다. 무엇보다 우리가 의기소침해져 있으면 늘 격려하고 북돋워주는 좋은 선생님들이다. 줌zoom 화면을 통해 만난 그들 곁에 어느새 걸음마를 시작한 아이가 보인다. 천사 같은 아이는 동화책의 하마를 보면서 "파파"라고 말한다.

나 : 남편이 탱고 대회에 나가고 싶지 않대. 진심인
　　지 선생님들이 물어봐줘. ㅜㅜ

선생님 : 오 마이 갓. 우리 때문이야. 우리가 수업할
　　때 너무 엄격하게 지적해서 의욕을 잃었나 봐.
　　어쩌지.

나 : 아니야. 나 때문인 것 같아. 내가 잔소리를 많
　　이 해서 그래.

선생님 : 그건 아닐 거야. 알겠어. 같이 잘 이야기해
　　보자.

선생님들과 이런 이야기들을 주고받은 후, 줌 레슨을
받는 날이 되었다. 남편과 나는 미리 대관한 연습실에
카메라와 마이크를 설치해 수업을 준비했다. 대회에
안 나가겠다면서도 거대한 카메라를 삼각대에 올려놓
고 마이크까지 야무지게 마련해 녹화를 준비하는 남편

이 좀 어이없기는 했지만, 그가 선생님들의 설득에 어떤 반응일지 조마조마했다.

'나 대회에 나가고 싶은데. 대회 나가보면 분명히 많이 성장할 수 있을 텐데. 평소에 안 되던 동작도 잘될 것 같은데. 남편이 안 나가겠다고 하면 어쩌지.'

선생님들은 나의 긴급 메시지 때문인지 걱정스러운 표정으로 수업을 시작했다. 음악을 틀어주며 우리에게 손으로 표현해보라고 했다. 우리는 각자 두 손을 들고, 들리는 음악에 따라 박자를 쪼개기도 하고 늘이기도 하면서 음악에 집중해보았다. 어릴 때 하던 '쎄쎄쎄'를 하는 모습과 비슷했을 것 같다. 슬쩍슬쩍 웃음이 나기 시작했고, 선생님들은 우리가 '쎄쎄쎄'를 마치자 하얀 이를 드러내 크게 웃으며 열렬히 박수를 쳐주었다. 숨만 쉬어도 칭찬받는 신생아가 된 것 같았다. 살짝 남편의 표정을 보니 꽤 기뻐 보였다. 그때 선생님이 결정적인 한마디를 했다.

"너희 정말 잘한다! 음악을 명확하게 듣고 있어! 지금도 잘하지만 멋진 옷을 입고 대회에 나가면 그때는 더 멋있을 거야!"
"지금 이건 다 과정일 뿐이야. 일단 이번에 연습 삼아 출전해보고, 그다음 진짜 세계대회에 나가는 거야!"

마스크 속에 감춰진 남편의 환한 미소가 보이는 듯했다. 마음이 공명하는 것처럼 눈동자가 반짝이더니 내게 살짝 고개를 돌렸다. 그리고 비장하게 말했다. "우리 대회 나가자." 됐다. 우리는 대회에 나가게 된 것이다. 다음 주 주말에 있을, 이름도 거창한 '세계 탱고 챔피언십' 지역 대회에 나가게 된 것이다.

땅게로(tangero) / 땅게라(tangera)

탱고를 추는 남자 / 탱고를 추는 여자

땅게로스(tangueros)

탱고를 추는 사람. 땅게로, 땅게라 모두를 지칭한다.

앙헬리스에서
길을 잃다

망했다.

대회 당일, 커피를 내리면서 남편을 깨웠다. 남편은 새
벽 1시쯤 잠에 들었고, 나는 한 시간 뒤인 2시쯤 잠들
었다. 일어난 시간은 오전 5시 반. 세 시간도 못 잤다.
대회 시작 시간은 아침 10시인데, 남편과 나는 오전에
잠시라도 몸을 풀기 위해 대회장 근처에 연습실을 예
약해두었다. 빨리 준비하고 나가면, 7시 50분쯤 도착
할 수 있을 것이다.

눈 뜨자마자 커피를 마셔야 오전을 졸지 않고 버틸 수 있을 것 같았다. 커피를 내리는 동안 바나나를 까먹었다. 아침에 먹는 바나나와 커피는 정신을 맑게, 기분은 좋게 만든다. 달콤한 바나나 향을 맡으며 긴장을 풀었다.

바나나 하나를 더 챙겨 침실로 가서 남편을 깨웠다. 남편은 몸을 둥글게 굴리면서 일어났다. 덩치가 커서인지 종종 영웅 헤라클레스 같아 보이기도 한다. 오늘도 남편이 영웅처럼 잘해주었으면 좋겠다고 생각했다.

나는 사람들 앞에 나서는 걸 힘들어하고 쉽게 긴장하는 편이다. 그에 비해 남편은 평소에는 묵묵하고 얌전한데, 멍석만 깔아주면 누구보다 활기차고 몸 깊은 곳에서 우러나오는 화통한 목소리도 잘 낸다. 아마 오늘 대회에서도 그는 긴장하지 않을 것이다. 탱고 선생님들은 그런 그를 보며 부드러우면서도 자신만만하다고 했다. 하지만 나는 그와 달리 덜 자란 소녀 같아 보일 때가 있다. 무대공포증이 없는 남편이 늘 부럽다. 생각해보면 나의 첫 탱고 무대도 남편 덕분에 시작됐다.

동호회 초급 발표회에서 그는 북적이는 사람들 앞에서 역할극을 하고, 쩌렁쩌렁 소리를 지르고, 너스레를 떨며 탱고를 췄다. 연습할 때마다 땀을 삐질삐질 흘리며 수줍어했던 그는 무대에 서자 완전히 달라졌다. 나는 아마 그때부터 남편을, 당시에는 사귄 지 나흘 된 남자친구였던 그를 조금 더 좋아하게 되었던 것 같다.

'오늘 나도 남편처럼 긴장 좀 안 했으면 좋겠다. 무대에 서기 한 시간 전에 꼭 맥주 한 캔을 원샷 해야지.' 새로 산 고데기로 머리를 말며 생각했다. 그리고 선생님이 당부했던 내용들을 복기했다.

'가슴은 펴고 고개는 들 것. 서로를 존중하는 제스처만큼 중요한 것은 없다. 무대에 올라 다른 커플들보다 절대적으로 우리가 눈에 띄어야 한다. 그러려면 동작을

과장해서 할 필요가 있고, 빠른 곡은 딸꾹질하듯이 리듬에 맞춰 발을 플로어에 콕콕 내리 찍을 것….'

한참 머릿속으로 복습하고 있는데 머리카락 타는 냄새가 났다. 고데기에 머리카락들이 껴서 빠지지 않았다. 어느새 나타난 남편이 엉킨 머리카락을 빼주었다. 꽤 믿음직하다고 생각했다. '그래, 이렇게 서로에게 힘이 되어주면 될 거야. 오늘 대회도 잘할 수 있을 거야.'

☺

다른 팀들이 열심히 경연을 벌이고 있는 와중에 무대에 오르기 직전, 나는 남편의 손을 꼭 잡고 귓속말로 떨린다고 읊조렸다. 남편은 웃으며 떨릴 게 뭐 있냐고 했다. 이제 우리 차례였다. 남편과 팔짱을 끼고 태연한 척하며 무대 위에 올랐다. 검은 배경의 무대에 투명하고 번쩍이는 스포트라이트가 연신 우리를 비췄다. 나만 빼고 무대에 오른 모두가 여신 같다는 생각이 들었지만, 나는 적수를 만난 길고양이처럼 몸을 크게 부풀리고 팔을 앞뒤로 크게 흔들며 씩씩하게 무대를 걸었다.

우리가 추게 될 세 곡의 노래 제목과 악단 이름이 발표되었다. 사회자가 은쟁반에 옥구슬 굴러가듯 현란한 스페니시 발음으로 이야기한 곡들은, 안타깝게 우리가 주로 연습했던 것이 아니었다. 내 동공은 갈 곳을 잃었고, 남편은 내게 다가오며 힌트를 주었다. "다리엔소."

후안 다리엔소는 아르헨티나의 대표 탱고 작곡가이자 지휘자인데, 신나는 음악의 대명사라고 이해하면 쉽다. 보통 대회에서는 '신나는 곡, 서정적인 곡, 강렬한 곡'이 한 세트가 되어 나오고, 거기에 즉흥으로 춤을 추면 된다. 하지만 우리에게 제시된 곡은 예상과 달리 '(카를로스) 디 살리, (오스발도) 프레세도, (알프레도 데) 앙헬리스'의 구성이었다. 말하자면 '서정적인 곡, 서정적인 곳, 난해한 곡'의 구성이었다. 나는 특히 '앙헬리스'에서 망연자실했다. 앙헬리스의 음악은 들을 때마다 해석하기 어렵다. 어느 장단에 맞추어야 할지 머릿속에 물음표만 떠다니기 때문이다. 이런 내 마음을 읽었는지 남편이 살짝 힌트를 줬던 것이다. 이 곡은 신나는 다리엔소 음악에 맞출 때처럼 추면 된다고 말이다.

그렇게 코로나 시국에 마스크로 가려진 우리의 입으로 조심스럽게 힌트가 오갔다. 비장한 눈빛도 함께 주고받았다. 곧 리듬감이 느껴지는 음악이 나오기 시작했다. 손을 마주 잡고 음악에 몸을 맡기자마자 무슨 일인지 머릿속에서 복기했던 모든 것이 까맣게 사라졌다. 나만 그런 줄 알았는데 남편도 마찬가지인 듯했다. '역시 애매한 앙헬리스 때문인가?' 부부는 일심동체라는 말이 왜 이럴 때만 적용되는 것인지 눈가가 촉촉해졌다. 우리는 똑같은 동작만 약 스무 번 정도 반복하고, 드넓은 무대 중 하필이면 심사위원 코앞에 가서 스텝이 엉키는 실수를 한 뒤에 무대에서 내려왔다. 버벅거리는 우리의 발을 가만히 지켜보던 아르헨티나 심사위원은 곧 눈을 채점표로 옮기고 무언가를 적기 시작했다. 엉킨 스텝에 감점, 부자연스러운 발짓에 감점, 무의미하게 반복되는 동작에 감점이었을까. 우리의 점수를 매겨지는 순간인 것만은 확실하다. 망했다.

춤추는
별들의 우주

속절없이 음악은 좋았다. 디 살리의 음악은 부드럽게 흘러나왔고 나는 두 눈을 꼭 감고 최대한 관중석이나 심사위원 쪽은 쳐다보지 않으려고 했다. 우리가 추었던 세 곡 중 두 곡은 거의 비슷하게 느린 박자와 분위기였고, 마지막 한 곡은 우리 부부가 어려워하는 앙헬리스의 음악이었다.

제시된 세 곡의 스타일이 완전히 달랐으면 우리가 연습한 대로 다양하게 표현하며 춤을 출 수 있었을 텐데. 긴장한 탓이었는지 아니면 곡들이 모두 비슷해서였는지 우리는 평소보다도 더 단조롭게 춤을 추고 말았다. 무대에서 내려올 때 사람들이 보낸 환호와 박수는 아무래도 우리 것은 아닌 것 같다고 생각했다.

무대에서 내려와 우리를 힘껏 응원해준 친구들에게 칭얼거리기도 하고, 멋쩍은 웃음을 짓기도 했다. 아무래도 오늘 입은 드레스가 내게 안 어울렸던 건 아닌가 하며 괜히 복장 탓도 했다.

나와 남편은 주차장에 세워둔 자동차 안에서 집에서 챙겨온 바나나와 초콜릿을 먹으며 지인이 보내준 우리 무대 영상을 보았다. 소식을 기다리고 있을 스페인의 선생님들에게도 영상을 보내놓고는 같은 영상을 보고 또 봤다. 아쉬움이 남는 실력에 한숨을 푹 쉬고 있는데 남편의 휴대전화로 메시지가 왔다. 준결승에 진출하는 팀 명단이었다.

"응? 우리 준결승 진출이야!"

곧장 다음 무대를 준비해야 했다. 얼른 편의점에서 시원한 맥주를 사왔다. 긴장을 풀기 위한 나만의 방법이었다.

'가슴을 펴고, 고개는 들 것. 심사위원의 눈에 띄려면 동작을 과장해서 하고, 빠른 곡은 리듬감을 살리기….'

맥주 한 캔으로는 결코 달래지지 않을 긴장감을 그대로 안고 준결승 무대에 올랐다. 준결승은 더 쟁쟁했다. 아카데미에서 활동하는 탱고 선생님부터 떠오르는 유망주까지, 그 안에 함께 서 있는 것만으로도 영광이라고 생각하면서 동시에 잘해야겠다는 부담감이 엄습했다.

새까만 무대에 숨죽이고 서서 곡명이 발표되는 것을 듣고 남편의 눈을 봤다. 언제나 편안한 남편의 눈을 보니 조금은 안심이 되었다. 준결승은 잘했는지 못했는지조차 모를 정도로 순식간에 무대가 끝났다. 정신을 차려보니 스포트라이트가 비추고 있었고, 우리는 재빨리 무대를 내려왔다. 가쁜 숨을 내쉬며 복도로 나오니 그제야 마음이 놓였다. 최선을 다했으니 되었다고, 결승에 올라가지 못해도 괜찮다고 마음을 다잡았다.

준결승 때와 달리 대회 참가자들 모두 관중석에 앉아 결과를 기다린다. 곧 호명된 한 팀씩 무대에 오르기 시작했다. 나도 모르게 두 손을 꼭 쥐었다. 마음을 접고 있었다고 하긴 했지만 내심 기대하기도 했나 보다.

주변을 돌아보았는데, 여전히 무대 밖 의자에 앉아 있는 사람들의 초조한 눈빛이 보였다. 나만 그런 게 아닌 것 같았다. 눈물이 그렁그렁한 것 같기도 하고, 무거운 돌덩이를 어깨와 머리에 쌓은 것 같은 표정도 있었다. 한 팀씩 이름이 불릴 때마다 관중석의 사람들은 모두 열렬히 박수를 쳤다.

초조하게 기다렸지만 나와 남편의 이름은 결국 불리지 않았다. 꼿꼿이 세우고 있던 허리의 긴장이 풀렸다. 그 순간 복근의 힘도 날아가버렸는지 들판의 굽어버린 갈대처럼 앉아 있었다. 그래도 두 손만큼은 쉬지 않고 박수를 쳤다. 부러움과 감탄이 줄지어 마음에 흘렀다. 한편으로는 그간 나의 탱고 생활도 스쳐 지나갔다.

주최 측이 준비한 곡에 즉흥적으로 춤을 추는 탱고 데피스타 부문에는 총 68팀이 출전했고, 단 아홉 팀만이 결승에 올랐다. 아침부터 나의 머리를 바짝 올려 묶어준 고마운 언니도, 우리 커플과 함께 동호회에서 두 달간 강습을 받았던 친구도, 만나기만 하면 항상 서로를 응원하는 커플까지 반가운 얼굴들이 무대에 섰다. 결승까지 올라가기가 치열했던 만큼 이어진 무대는 대단했다. 천장도, 바닥도, 배경도 모두 새까만 곳에서 춤을 추는 사람들의 포마드로 넘긴 반짝거리는 머리와 하얀 피부가 캄캄한 우주의 별처럼 보이기도 했다.

음악이 시작되자 그들의 진지하고 차가운 열정이 관객석까지 넘쳐 흘렀다. 좌석에 앉아 숨죽이고 응원하는 나는 무대에 빨려 들어갈 것만 같았다. 볼레오 동작이 야무진 붉은 드레스를 입은 이에게 눈을 두어야 할지, 생동하는 물고기처럼 춤추는 커플에게 눈을 두어야 할지 정신이 없었다.

흩어진 별처럼 보이던 이들은 어느새 탱고 음악과 조화를 이루어 커다란 우주로 보이기 시작했다. 들썩거리는 에너지에 눈을 떼지 못하는 우리 커플과 왼편에 앉은 악기 장인 아저씨, 홀린 듯 무대를 바라보는 탱고 유망주 발레리노, 그리고 수많은 대회장 내 사람들까지도.

뿔뿔이 흩어져 활동하던 탱고인들이 이 순간만큼은 춤을 향한 순수한 열정 하나로 한곳에 모여 있다는 사실이 새삼스레 감동스러웠다. 탱고라는 우주에 큰 별, 작은 별로 모두가 한자리에서 빛나고 있었다. 무대에도 객석에도 누구 하나 반짝이지 않는 이가 없었다. 문득 이 탱고 대회는, 탱고를 사랑하는 별들이 모인 강일지

도 모르겠다는 생각이 들었다. 크고 작은 별들이 모여
새까만 밤하늘을 수놓는 우리의 은하수 말이다.

탱 고

대 회

국내에는 크고 작은 탱고 대회가 많이 열린다. 그중 가장 규모가 큰 대회는 1년에 한 번 있는 KTC Korea Tango Championship와 PTC Pacific Tango Championship이다. 두 대회 모두 부에노스아이레스 시에서 주관하는 '세계 탱고 챔피언십'의 지역 대회이며, 코리아 탱고 협동조합에서 주최하고 있다. 앞에 우리 부부가 참가한 대회는 KTC이다.

KTC의 공식 종목인 '탱고 데 피스타(음악과 함께 즉흥적으로, 일정한 방향으로 춤을 추는 소셜 탱고)'와 '탱고 에세나리오(짜여진 안무를 공연하는 탱고)'는 한국 선수들만, PTC에는 아시아 15개국 선수들이 참여할 수 있다. PTC는 부에노스아이레스 사무국과 협의된 아르헨티나 국내

및 전 세계 24개 내외의 지역 예선 중 참가 선수가 가장 많은 대회이기도 하다.

'탱고 데 피스타' 종목은 한 플로어에 8~10팀이 나와 총 세 곡의 음악에 맞춰 경합을 벌인다. 심사위원은 보통 아르헨티나 출신의 저명한 댄서들로 구성된다. KTC에서 우승할 경우 PTC의 준결승에 바로 진출할 수 있으며, PTC에서 우승하면 아르헨티나의 세계 탱고 챔피언십 준결승에 곧장 진출할 자격과 항공권이 주어진다.

악 단 과

음 악

이 책에 사용되는 '악단'이라는 표현은 일반적으로 '탱고 오케스트라'를 가리킨다. 악단의 이름은 대표 작곡가 또는 지휘자의 이름을 따서 부른다. 탱고 오케스트라는 보통 반도네온, 피아노, 바이올린, 더블베이스로 구성되어 있다. 1930~40년대는 탱고 음악의 황금기라고 불리는데, 수많은 오케스트라들이 가장 왕성하게 활동하던 시기이다. 현재까지도 밀롱가에서 가장 익숙하게 들을 수 있는 음악들이 모두 이 시기에 탄생했다.

대표적인 오케스트라는 리드미컬한 음악의 대표 주자 '후안 다리엔소', 아르헨티나 부에노스아이레스에 그의 이름을 딴 지하철역이 있을 정도로 대중의 사랑을 받았던 '오스발도 뿌글리에세', 서정적인 멜로디에 톡 톡 끊기는 리듬, 부드러운 반도네온 연주가 인상적인 '아니발 트로일로', 아름답고 우아한 선율이 돋보이는 '카를로스 디 살리', 피아노의 동동거리는 소리가 말발 굽 소리처럼 들리는 '로돌포 비아히' 정도를 꼽을 수 있겠다. 이 외에도 프란시스코 카나로, 미겔 칼로, 오스 발도 프레세도, 알프레도 데 앙헬리스, 앙헬 다고스티 노 등 열 손가락에 꼽을 수 없을 정도로 많다. 탱고를 추는 사람이라면 모두 자기만의 애정 어린 탱고 악단 리스트가 있을 것이다.

밀롱가에 가면 세 가지 종류의 탱고 음악이 나오는데, 4/4박자의 탱고, 3/4박자의 발스, 2/4박자인 밀롱가 가 있다. '탱고'는 춤을 일컫기도 하지만, 음악의 한 종 류이기도 하다. '밀롱가'는 춤을 추는 장소이기도 하지 만, 빠른 박자의 탱고 음악을 지칭하기도 한다.

한국의 밀롱가에서는 네 곡으로 구성된 탱고 딴다가 두 번 나온 뒤에 세 곡으로 구성된 발스 딴다, 다시 네 곡으로 구성된 탱고 딴다 두 번, 그리고 세 곡으로 구성된 밀롱가 딴다 순서로 나온다. 각 딴다의 사이에는 꼬르띠나cortina(분위기 전환용 음악으로 보통 가요 등 다른 장르의 음악을 사용한다)가 나오는데 이때 춤 신청인 까베세오가 이뤄진다.

밀롱가에
처음
가보면

집에만 있으니 지루해서 마침 나처럼 심심해 보이는 친구 G에게 연락을 했다. 온라인 독서 모임과 북토크 등을 통해서 알게 된 사이였다. 나와 함께 뉴스레터 〈세상의 모든 문화〉의 필진 중 한 명이기도 하다.

우리는 홍대입구역 근처 탱고 스튜디오 건너편에 있는 북카페에서 만났다. 〈세상의 모든 문화〉에 내가 연재하고 있는 '탱고'에 대해서, 또 그가 연재하고 있는 '편집자의 고군분투기'에 대해서 한참 수다를 떨다가 밀롱가로 자리를 옮겼다.

얼굴이 조그맣고 체구가 작은 G는 커피를 마시며 신기하다는 눈빛으로 밀롱가를 구경했다. 차가운 날씨에 따뜻한 커피 한 잔을 내어주길 잘했다고 생각했다. 무릎 아래로 내려오는 치마에 날렵한 하이힐을 신고 추는 사람들이 많은 밀롱가는 어쩐지 그날따라 빠른 음악이 계속 나와서인지 대체로 밝고 행복한 분위기였다. 대개 서정적이면서 비애감이 느껴지던 날들과는 조금 다른 분위기였는데 G는 이 편안함이 마음에 들었던 것 같다.

춤을 추고 돌아온 나에게 G는 작은 목소리로 너무 좋다고 했다. 예전에 흥미롭게 봤던 영화 〈탱고 레슨〉을 아무래도 다시 봐야겠다고도 했다. 집으로 돌아갈 때에는 탱고를 배울 수 있는 동호회 링크를 보내달라고 의미심장한 표정으로 말했다. 그날 G와 헤어지며 나도 모르게 밀롱가에서 나누는 남미식 인사법인 베소로 인사했다. 가볍게 포옹을 한 채 뺨을 대고 작별 인사를 하니 왠지 G가 정말 탱고를 배울 것만 같았다.

나도 춤을 추고 들어가 영화 〈탱고 레슨〉을 봐야겠다는 생각이 들었다. 탱고를 추는 사람들 사이에서 유명하지만 나는 아직 보지 못했던 영화. 익숙한 탱고 음악과 우아하고 아름다운 배우 샐리 포터의 탱고가 어느새 기대되었다.

10분간의
인사

낯선 밀롱가에서 처음부터 까베세오가 잘됐던 것은 아니다. '까베세오'는 '고개를 끄덕인다'라는 의미로, 탱고에서 춤 신청을 하는 방식이다. 원하는 상대에게 눈을 마주치고, 그가 눈을 마주 보며 고개를 끄덕이면 함께 플로어에 나가 춤을 춘다. 보통 다른 사람들과 엇갈리는 경우도 많아서 상대방이 가까이 올 때까지 자리에 앉아 기다리는 것이 좋다. 그렇게 춤을 추기 시작하면 한 명의 상대와 약 10분 동안 탱고 음악 네 곡을 춘다. 호흡이 잘 맞으면 더할 나위 없이 좋겠지만, 안 맞으면 온몸이 찌뿌둥해지기도 하고, 얼른 집에 돌아가고 싶어지기도 한다.

☺

자리를 잡고 앉아 주변을 둘러보고 있는데 2시 방향에
서 밝은색 셔츠를 입은 하얀 피부의 남자가 나를 쳐다
봤다. 여름 휴가로 온 나폴리 밀롱가에서의 첫 까베세
오였다. 유독 반짝이는 눈이었다. 문득 탱고를 추는 사
람들 중에는 생기 있는 눈을 가진 사람이 많다고 생각
했다.

그는 독일에 거주 중인 아르헨티나 사람이었다. 처음
만난 이였지만, 원래 자주 함께 추던 사람처럼 익숙하
고 편안했다. 춤을 추기 전 눈빛은 조심스러운 호기심
이었다면, 춤을 추고 난 후 그의 눈빛은 기쁨과 환대를
표현하고 있었다. 나도 마찬가지였을 것이다. 약 10분
정도 함께 탱고를 추고 나면 그 상대와 꽤 가까워진 듯
한 기분이 든다. 반가운 친구를 대하듯 다정하고 예의

바르게 춤을 마무리하는 그를 보면서 낯선 유럽 땅이 조금 더 친근하게 느껴진다.

어디서든 그럴듯한 탱고 한 딴다를 추고 나면 평상시 일상에 찌든 푸석푸석한 나는 사라지고, 어느새 반가움을 온몸에 가득 머금은 사람이 되어 있다. 호의가 담긴 눈과 활짝 열린 마음으로 처음 만나는 이와 탱고를 출 때, 약간의 시간이 흐르고 비로소 자연스럽게 얼굴에 퍼지는 미소. 이럴 때 내가 정말로 살아 있다는 생각이 든다. 매일 기계처럼 움직이는 사회인이 아니라 따뜻한 체온과 눈빛을 느끼는 고유한 인간으로 말이다.

사람들의 환대로 가득한 눈빛이나 따스한 온기가 좋아 탱고를 춘다. 딱딱하고 차가운 언어들로부터 벗어나 음악과 사람에게 빠져드는 시간. 나의 일상에 탱고가 들어오면서부터 '음악, 춤, 사람'이란 존재를 고스란히 느낄 수 있게 된 것 같다. 전보다는 조금 더 살아 있다는 느낌이 든다.

손 과 손,
심 장 과
심 장 이 만 나

탱고판에서 자주 쓰이는 말 중 '꼬라손corazón'이라는 게 있다. 스페인어 '꼬라손'은 심장, 가슴, 마음이라는 의미이다. 처음 탱고를 배울 때, 동갑내기 탱고 선생님은 춤이 정말 잘 맞는 사람과 한 곡 추고 나면 이 꼬라손이란 걸 느낄 수 있다고 했다. 꼬라손이 도대체 뭘까. 꼬라손인지 무슨 손인지를 느끼면 나도 어디 가서 탱고 좀 추어봤다고 말할 수 있는 건가 싶었다. 하지만 1년을 추어도, 2년을 추어도, 내게 꼬라손은 미지의 세계였다.

당시 탱고 선생님의 말을 빌리면, 이 꼬라손이라는 게 엄청 대단한 것이어서 춤을 추고 난 후에 심장이 녹는 것 같고, 여차하면 그 감정을 오해해서 상대방과 사랑에 빠질 수도 있는 것이라고 했다. 나의 경우에는 탱고를 추며 여러 번 위로를 받는 느낌이 들었지만, 아쉽게도 그것이 소위 말하는 '꼬라손'이라고 생각되지는 않았다.

이탈리아 남부로 여행을 갔을 때였다. 로마에서의 마지막 밤, 우리 부부는 새벽까지 탱고를 추다가 아침에 인천행 비행기를 타기로 계획했다. 휑하고 깜깜한 밤거리를 택시로 15분 정도 달려 낯선 도시의 야외 밀롱가로 향했다. 차에서 내리니 짙은 남색 대문이 활짝 열려 있었고, 안쪽 마당에서는 익숙한 탱고 음악이 울렸다. 비가 오지 않는 여름에는 이렇게 마당에서 야외 밀롱가가 열린다고 한다. 대문 안을 들어서니 누군가는 고독하고 슬프게, 누군가는 즐겁게 각자 자신들만의 에너지를 뿜으며 탱고를 추고 있었다.

나와 남편은 빈자리를 찾아 앉았다. 곧장 친절해 보이는 곱슬머리 웨이트리스가 우리에게 따뜻한 피자 한 조각을 건넸다. 밀롱가 입장료를 내고, 와인 한 잔을 주문했다. 주변을 둘러보니 동양인은 아무도 없고 현지 사람들로만 가득한 듯했다. 가끔 한국에 와서 탱고 수업을 하는 댄서 선생님도 보였고, 지인이 로마 밀롱가에 다녀온 뒤에 즐거웠다며 올린 사진 속에서 보았던 인물도 있었다. 탱고를 추는 이가 워낙 많지 않기도 해서 친구의 친구로 건너 건너 아는 사람들이 많다. 하지만 실제로 우리와 직접 연결된 지인은 없었다. 긴장이 되기도 해서 와인을 가만히 홀짝이다가 까베세오를 받고 춤추러 나갔다.

처음부터 마음에 드는 탱고를 출 수는 없었다. 초반에는 우리나라로 치면 블랙리스트에 올릴 만한 이와 추기도 했다. 밀롱가에는 자동차가 도로를 달릴 때 지켜야 하는 차선처럼 눈에 보이지는 않지만 함께 플로어에 있다면 모두가 지켜야 하는 선(線)이 있다. 시계 반대

방향으로 큰 원을 그리며 돌면서 춤을 추는 걸 '론다 ronda'라고 부르는데, 그는 내내 론다를 지키지 않았다.

깜빡이도 켜지 않고 차선을 변경하듯이 앞뒤로 부랑하며 춤을 추는 그를 다른 사람들도 매서운 눈빛으로 쳐다보는 게 느껴졌다. 론다를 모르는 자유분방한 그가 그럼에도 내 몸을 불편하게 하지는 않아 신기할 따름이었다. 정신 사납긴 했지만 그와 무사히 춤을 추고 내려왔다.

잠깐 앉아서 한숨 돌리고 있는데 뿌글리에세의 음악이 나왔다. 뿌글리에세는 강렬한 된소리의 이름처럼 아주 '호되게' 춰야 하는 악단의 음악이다. 남편은 그의 음악이 박력 넘친다고 하는데, 나는 강약 조절의 폭이 커 엄청난 파워를 가졌다고 느낀다. 무엇보다 엇박이 많아 곡을 해석하기 어려운 편이라 보통은 익숙한 파트너나 춤이 아주 잘 맞는 사람하고 춘다. 그럼에도 뿌글리에세 음악에 춤추는 걸 좋아하는데 낯선 곳에서 내게 춤 신청을 할 이는 없을 것 같아 아쉬운 마음으로 앉아 있었다.

그때 앞 테이블에 앉아 있던 은회색 머리칼에 옷을 잘 갖춰 입은 중년 남자가 나를 쳐다봤다. 정식으로 춤 신청을 하는 눈빛. 그의 까베세오에 고개를 끄덕였다. 나를 에스코트하는 그와 함께 플로어에 섰다. 초반에는 서로를 탐색하듯 걷기만 했다. 그 '걷기'가 완벽하게 느껴졌다. 실수는 없었고, 어그러지는 것도 없었다. 아슬아슬 높게 쌓아올린 탑이 완벽하게 균형을 맞추는 것 같았다. 음악이 흐르고 시간이 지날수록 심장이 쿵쾅거렸다. 너무 완벽하게만 느껴져서 혹여 내가 실수를 할까 봐 곡과 곡 사이마다 걱정이 들었다. 하지만 걱정이 무색하게 음악이 다시 시작되는 순간 모든 게 잊혔다.

걸으면서 느껴지는 따뜻한 바람과 음악, 살짝 감은 눈으로 오렌지색의 조명 빛깔이 희미하게 번졌다. 나의 걸음마다 상대방이 모든 집중력을 발휘하고 있음이 느껴졌다. 그의 집중이 파도처럼 거세질수록 음악 소리보다 나의 심장 소리가 더 크게 울렸다.

아, 이게 꼬라손이구나.

내 귀에는 강렬한 뿌글리에세의 음악보다도 내 심장인지 그의 심장인지 모를 소리가 훨씬 더 크게 쿵쾅거리고 있었다. 상상 속의 꼬라손은 상대방과 나, 음악 이렇게 셋만 남은 느낌일 줄 알았는데 아니었다. '나'라는 사람이 별의 작은 조각처럼 모조리 진공 속으로 날아가고, 이 세계에 음악과 심장 소리만 남은 것 같았다. 심장 소리가 귀에 쩡쩡 울리던 그 10분을 나는 아마 오랫동안 잊지 못할 것이다.

다정하게
거절해도
되나요

밀롱가에 가면 다양한 사람들과 즉흥으로 자유롭게 춤을 춘다. 그날의 기분에 따라, 먹은 음식에 따라, 컨디션에 따라 춤 상대도 달라진다. 울적하고 지친 날에는 서정적이고 다정하게 춤을 추는 이와 추는 게 좋다. 유독 향이 강한 음식을 먹었다면 양치를 열심히 했어도 낯선 이와는 춤을 안 추게 된다. 몸 컨디션이 좋은 날에는 에너지가 넘치는 이와 단거리 경주를 하듯 추기도 한다.

간혹 흥이 폭발하는 날에는 호기심 가득한 눈으로 플

로어 가까이 앉아 까베세오를 하기 위해 열심히 두리번거린다. 이런 날은 익숙하지 않은 상대의 춤 신청에도 크게 낯을 가리지 않고 춤을 추는 편이다. 하지만 탱고는 서로의 신체 상태가 고스란히 전해지는 민감하고 섬세한 춤이다 보니 상대가 과도하게 힘을 써 몸을 불편하게 하거나 그로 인해 불쾌감을 느낄 수 있다면 춤을 거절하는 게 좋다.

탱고는 아브라소abrazo 즉 포옹을 기본자세로 상대방과 가까이 붙어 서야 하기도 하고, 한 번 같이 춤을 추게 되면 보통 3~4곡의 음악으로 구성된 딴다를 함께해야 한다. 그래서 아직 춤이 익숙하지 않아 주변과 자주 부딪힌다거나 겉으로 보이는 동작에만 집중해 정작 상대방은 어떤지 충분히 배려하지 않는다면, 추고 난 후에 손목이 뻐근해지기도 하고 어쩐지 10분 동안 휘둘리기만 한 것 같아 불쾌해지기도 하는 것이다.

그래서 열심히 두리번거린다고 해서 이 까베세오, 마

음처럼 쉽게 다 되는 게 아니다. 춤추고 싶은 대상의 눈을 바라본다. 그도 원한다면 나의 눈을 마주 보며 가볍게 고개를 끄덕일 것이다. 이때 상대가 얼른 눈을 피한다면 부드러운 거절의 표현이다.

이 은밀한 까베세오는 먼저 춤 신청을 한 이가 거절을 당해도 민망하지 않도록 보호하는 방식이기도 하고, 춤 신청을 받은 이가 조금 더 완곡하게 거절할 수 있게 하는 배려의 방식이기도 하다. 미묘하게 둘만 아는 신청과 거절의 방식이라 당사자들만 아무렇지 않은 척한다면 누가 누구에게 춤 신청이 거절당했는지 아무도 알 수 없다. 꽤 다정한 거절인 셈이다.

그래서 밀롱가에서는 직접 다가가 '말'로 춤 신청을 하거나 거절할 수 없게 손을 내미는 것이 금기시된다. 디즈니 애니메이션 같은 데에서는 신데렐라가 무도회에 어색하게 앉아 있을 때 왕자님이 나타나 다정하게 "춤출까요?" 하고 묻지만, 탱고에서는 아무리 왕자님이어도 까베세오가 아닌 말이나 손을 건네며 춤을 신청한다면 가차 없이 거절당할지 모를 일이다.

춤 신청을 받은 이가 고개를 끄덕인 후 자리에 앉아 춤 신청을 한 이의 눈을 계속 응시하고 있으면, 그는 마주친 눈을 거두지 않고 기다리는 이를 에스코트하러 다가온다. 이때 까베세오가 성공했다는 기쁨에 너무 빨리 엉덩이를 떼고 일어나 플로어에 먼저 나갔다가는 얼굴 붉힐 일이 생길 수도 있다. 내가 그랬다.

디어
마이
탱고 프렌즈

홍콩 친구 J를 처음 만난 건 대만에서였다. 태국에서 2년의 시간을 보내고 한국에 돌아오기 전 대만에서 한 학기 동안 중국어를 배웠다. 나의 태국 탱고 선생님도, 홍콩 사람 J도 모두 타이베이에 머물렀던 시기였는데 J는 나의 태국 탱고 선생님과 친분이 있어 보였다. 비교적 연령대가 높은 탱고판에서 또래를 찾기가 쉽지 않았지만 선생님과 나 그리고 J는 모두 나이가 비슷했다.

내가 대만에 있는 동안 타이베이에서 큰 탱고 페스티벌이 열려 아시아의 많은 탱고인들이 이 도시에 모였다. 탱고 페스티벌은 대략 3~4일 정도 유명 아르헨티나 댄서를 초청해 낮에는 수업을 진행하고, 저녁에는 늦은 밤까지 밀롱가를 연다. 밀롱가에서는 댄서의 열정적인 공연도 눈앞에서 볼 수 있다.

타이베이 시내 한복판 높은 빌딩 꼭대기층 콘서트홀에서 진행된 행사는 화려하고 사람들로 북적였다. 드레스 코드가 '엘레강스'였던 만큼 아름답고 우아한 사람들이 어깨를 펴고 새처럼 걸어다녔다. 화려한 분위기에 압도된 나는 왠지 불편함과 이질감을 느끼며 아무에게도 눈에 띄지 않을 것 같은 구석에 앉아 있었다. 늘 그렇듯 귀퉁이 자리가 편하다고 생각하면서 마치 공기처럼. 그때 J가 내게 다가왔다.

"왜 숨어 있어! 나랑 춤출래?"

깔끔하게 정장을 차려입은 J가 웃으니 호주의 귀여운 동물 쿼카 같았다. J는 숨어 있던 나를 무대로 이끌어

냈다. 갑자기 추게 된 춤에 음악은 하나도 들리지 않았고, 머리에 긴장과 걱정만 꽉 찼다. 그때까지 선생님의 친구인 J도 탱고 선생님인 줄 알았기에 나는 실수를 하지 않겠다며 삐걱삐걱 어색하게 춤을 췄다.

춤을 다 추고 고개를 들어 J의 얼굴을 보았다. 놀라움과 초조함, 당황스러움 같은 것들이 J의 눈동자에 가득했다. 그때는 탱고를 출 때 두 손 맞잡고 몇 걸음 함께 걷다 보면 상대의 감정이 고스란히 전해진다는 사실을 몰랐다. J의 눈에 담긴 마음은 아마도 '나의 감정'이었을 것이다. 나의 근심, 걱정, 초조함이 J에게도 그대로 전해졌던 것 같다. 로봇처럼 뻣뻣하게 덜그럭거리는 몸이라니.

춤을 추고 나니 한숨이 나왔다. 당시에 들었던 으스스한 괴담 중 하나가 춤을 못 추면 그 상대방과 다시는 춤을 출 수 없고, 친구도 될 수 없다는 이야기였다. 즉 춤을 망치고 나면 다시는 그에게 춤 신청을 받을 수 없다는 뭐 이런 오싹한 이야기였다. 다행히 J에게는 통하지 않는 속설이었나 보다. 걱정과는 다르게 J와 그의 친구들은 이후에도 폴짝폴짝 뛰어와 나에게 춤을 추자고 했다.

나중에 한국에서 다시 만났을 때에도 J와 친구들은 또래가 드문 탱고판에서 나를 살뜰히도 챙겼다. 한국의 탱고는 아시아에서 꽤 유명한 편이라 친구들은 1년에도 몇 번씩 한국에 탱고를 추러 놀러 왔다. 그럴 때마다 우리는 한강 공원에 피크닉을 가서 노을을 보거나 친구들 숙소에 놀러가 양말 바람으로 탱고 연습을 했다. 늦은 밤 뒤풀이에서 술 없이 계란말이를 케첩에 찍어 먹는 귀여운 친구들과 탱고 이야기를 시작만 하면 시간 가는 줄 몰랐다.

대만에서 처음 J를 만났을 때는, 내가 탱고를 이렇게 오래 배우고 그 안에서 결혼도 하고 또 수많은 인연들을 쌓아 나갈 거라고는 상상도 하지 못했다. J가 나에게 장난치며 놀리기라도 하면 옆에서 내 편을 들어주던 다정한 C가 있었는데, 그 둘이 곧 결혼한다고 한다. 나와 남편이 만나기 100일 전쯤 먼저 사귀기 시작한 둘은 알콩달콩 사랑하는 사이였고 얼마 전 J가 C에게 종이 반지를 주며 프러포즈를 했다고 한다. 청순한 외모에 사랑스럽고 용감한 C. J를 귀엽게 쏘아보다가 어깨를 한 번 으쓱하고는 당차게 "예스!"라고 했을 C의 모습이 그려져 웃음이 난다.

2주 뒤에는 오랜만에 이 귀여운 예비부부를 만나 이탈리아 남부의 소도시에서 탱고도 추고, 카프리 섬의 푸른 동굴에도 가려고 한다. 포도밭에 방석을 깔고 앉아 와인을 마시면서 한껏 취해 시뻘게진 얼굴로 우리의 탱고도 와인처럼 숙성 중일 거라고, "대체 언제쯤 이런 깊은 맛을 낼 수 있을까"라며 칭얼거리다 오겠지.

탱고를 추었기에 만날 수 있는 인연들. J뿐만 아니라 J가 소개해준 홍콩의 친구들은 해외에서 탱고를 배우기 시작한 나에게는 유일한 또래들이자 나의 '탱고 유년기'를 함께해준 소중한 존재들이다. 어쩌면 이 친구들이 곁에 있었기에 탱고 생활을 지속할 수 있었을지도 모른다. 탱고를 좋아하는 만큼 서로를 응원하고, 서로에게 공감했던 시간들. 그 시간들이 쌓여 세월이 흐르면 언젠가 우리의 춤도 깊고 은은한 맛을 낼 수 있을 것이다. 탱고 유년기를 든든하게 함께해준 친구들이 있기에 이 춤을 더 진하게 느낄 수 있었던 게 아닐까 싶다. 앞으로도 이렇게 가벼운 농담으로, 때로는 진지한 고민으로 서로를 응원하며 지낼 것이다.

레 몬
젤 라 토 처 럼

피렌체는 사랑에 빠질 수밖에 없는 도시다. 오래된 도
시의 골목에서는 거리의 악사들이 아름다운 선율을 만
들어내고, 사람들의 손에는 색색의 젤라토가 들려 있
다. 피렌체는 생각보다 훨씬 애정과 활기가 가득 찬 낭
만적인 도시였다.

피렌체에 도착한 다음날, 그곳의 전경을 볼 수 있는 미
켈란젤로 광장 근처에서 J와 C를 만나기로 했다. 종이
반지로 프러포즈에 성공한 J는 C와 웨딩 사진을 찍기
위해 이탈리아에 왔고, 우리 부부는 그들과 함께 여행

하기 위해 찾아왔다.

우리 부부는 호텔 조식을 먹은 뒤 미켈란젤로 광장으로 향했다. 일찍 도착해 기다리는 동안 가슴이 두근거렸다. 3년 사이에 친구들은 어떻게 변했을까. J는 여전히 장난을 많이 치고, C는 여전히 차분하고 청순할까. 멀리서 조그만 하얀 차가 모습을 드러냈다. 두 사람은 차 안에서 두 팔을 들고 만세를 부르고 있었다. 우리를 만나자마자 기쁨의 댄스를 추는, 장난기 가득한 표정까지 닮아버린 둘을 보니 나도 모르게 미소가 지어졌다.

친구들에게는 웨딩 사진을 위한 여행이었지만, 남편과 나에게는 '나폴리 탱고 페스티벌'을 위한 것이었다. 복숭아 빛깔의 석양이 내리는 카프리 섬 앞바다에서 탱고 음악이 하늘을 채울 듯 흘러나오고, 그곳에서 실컷 탱고를 출 수 있는 행사였다.

꽤 오랜만의 해외여행이었다. 코로나가 막 확산되기

시작했을 무렵에 우리 네 사람은 함께 이스탄불 탱고 여행을 계획하고 있었다. 하지만 상대적으로 국내 상황이 안 좋았던 우리 커플은 일정 직전에 비행기 표를 취소할 수밖에 없었다. 그때 터키 여행을 못한 아쉬움 반, 오랜만에 만나는 반가움 반에 우리는 한껏 들뜬 상태였다.

들리는 소문에 의하면 이탈리아의 탱고는 춤 실력도 아주 수준급이라고 했다. 거기에 우리나라 고유의 한(恨)이라는 정서처럼 이탈리아도 그들만의 깊은 정서가 있다는데 그게 뭔지 기대가 됐다.

나폴리 탱고 페스티벌은 낮에는 행사장에서 유명한 탱고 댄서들의 수업이 열리고, 오후에는 카프리 섬 앞까지 가는 큰 여객선에서 탱고 음악을 틀어놓고 춤을 춘다. 그리고 밤 11시부터 새벽 5시까지 나폴리 시내 중심에 위치한 움베르토 1세 갤러리아 건물 지하에서 밀롱가가 열린다. 행사 신청을 할 때 원하는 프로그램만

등록하거나 전체를 패키지로 등록해 참여할 수 있다.

하지만 나와 친구들은 순도 100퍼센트의 탱고 여행은
지양하기로 했다. 일종의 '탱고 앤 트래블 밸런스'를
지키자며 수업 등록은 하지 않았고, 카프리 섬 여객선
밀롱가와 움베르토 갤러리에서 열리는 새벽 밀롱가만
등록했다. 그 대신 낮에는 폼페이에 들러 유럽 역사의
기세를 단단히 느끼고, 해 질 무렵에는 해안 도시 포지
타노에 가서 레몬 젤라토를 먹기로 했다.

우리는 〈카프리 섬〉이라는 오스발도 프레세도의 음악
을 들으며 해안 도로를 달렸다. 은은하게 석양이 내리
던 시간, 눈앞에 펼쳐진 푸른 바다, 작은 색색깔의 레
고를 조립해놓은 듯한 포지타노의 아기자기한 마을.
모든 게 아름다워 그냥 지나칠 수 없었다. 남편은 운전
하던 차를 잠깐 도로변에 세웠다. 나와 친구들은 트램
펄린을 타듯 도로변을 뛰어다녔고, 남편은 챙겨간 드
론으로 영상을 찍었다.

다정한 친구들과 사랑하는 남편, 그리고 이탈리아 남부 소도시의 무지갯빛 석양까지, 완벽하지 않은 것이 정말이지 하나도 없었다. 여행 전날까지 일에 파묻혀 살아야 했던 날들의 피곤함이 태양빛 아래 젤라토처럼 녹아버리는 기분이었다.

어디에든
탱고는
흐른다

밤늦게 도착한 나폴리의 모습은 세계 3대 미항이라는 상상 속 아름다운 풍경과는 사뭇 달랐다. 기차역에 내리자마자 호객 행위를 하는 험상궂은 인상의 택시 기사들과 거칠게 내달리는 자동차들, 길거리에 즐비한 쓰레기들이 바다 내음과 함께 우리를 맞았다. 이탈리아는 도시마다 극적으로 다른 분위기를 가진다고 하는데 서정적인 분위기의 피렌체에서 넘어왔더니 정말 다른 세상 같았다. 나는 가방을 단단히 여며 쥐었다.

출발 전부터 유럽의 소매치기에 대해 많이 걱정해오던

터였다. 우리보다 일주일 전에 이탈리아에 먼저 다녀
온 화상 영어 선생님은 카페에서 남의 캐리어를 훔쳐
가는 도둑을 본 적 있다며 조심하라고 신신당부를 했
다. 걱정했던 것보다는 안전한 듯했지만, 밤의 나폴리
는 또 한 번 우리를 긴장하게 했다.

역에서 호텔까지 10분도 안 되는 거리를 택시비로 3만
원 가까이 내고도 불안에 떨었다. 가까스로 도착한 호
텔은 탱고 페스티벌이 열리는 움베르토 1세 갤러리아
건물에 있었다. 1880년대에 당시 왕의 이름을 따서 지
어진 이 건물은 유네스코 세계문화유산으로 등록되어
있기도 한 역사가 깊은 장소이다. 지하에서는 밀롱가
가 열리고, 건물의 위층에는 바로크 양식으로 지어진
호텔이 있다. 대부분의 행사 참여자들이 그랬듯 우리
도 이 숙소에 묵었다.

유명 문화유산임에도 불구하고 입구에는 지린내가 풍
겼고, 여기저기 노숙자들이 잠을 청하고 있었다. 새벽

에 탱고를 추고 나오면서 저 사람들을 다시 지나쳐야 한다니 또 한 번 걱정이 되었다. 그들이 한밤중에 취해 있거나 싸움이 난다거나 하지는 않기를 바랐다. 불안감이 스멀스멀 피어올랐지만, 여행까지 와서 괜한 걱정으로 우울해할 수는 없었다. 우리는 짐을 풀고 샤워하고 30분 뒤에 만나기로 했다. 상쾌하게 샤워하면 불안감도 긴장도 씻겨 내려가니까, 시원한 물을 마신 초록 식물처럼 힘이 솟기도 하니까 말이다.

샤워를 마치고 각자 챙겨온 컵라면을 챙겨 한 방에 뭉쳤다. 참깨라면과 홍콩의 카레 락샤 라면의 고소하고 뜨끈한 향기를 맡으니 금방 긴장도 풀렸다. 이 컵라면만 다 먹으면 이제 정말로, 이탈리아에 온 지 나흘 만에 탱고를 춘다. 호텔 프런트에서 받아온 포크로 라면 면발을 돌돌 말아 먹으면서 우리는 조금씩 들뜨기 시작했다.

아름다운 장소에서 새로운 친구들을 만나게 될 기대감

과 낯설어서 위축될까 걱정이 함께하는 마음으로 밀롱가가 있는 지하 1층으로 향했다. 움베르토 갤러리아의 지하 밀롱가는 비현실적으로 웅장하고 멋졌다. 층고가 높았고, 둥그런 돔 모양의 은은한 대리석 천장은 조명을 받아 푸른빛과 연보랏빛을 띠었다. 그래서인지 그 안에서 춤을 추는 이들이 우아함을 지닌 조개 속 진주 같기도 했다. 공간을 가득 메운 탱고 음악에 취할 수밖에 없었다.

컴컴하고 스산한 바람이 불던 나폴리 역의 모습은 밀롱가 문을 열고 들어오는 순간 잊었다. 유럽 각국의 춤꾼들이 모인 이 100년도 넘은 멋진 건물에서 좋아하는 댄서들의 공연을 보고, 친구들과 밤새도록 춤을 출 것이다. 서울 지하철에서의 고단함, 산적한 일더미, 시계 초침처럼 움직이던 나의 모든 분주함으로부터 완전히 해방되어서 말이다.

"탱고를 추게 된 이유는
그것이 유일하게 저를 자유롭게 해주는
춤이었기 때문이에요."

●

알레한드라 마티난
Alejandra Matinan

넌
탱고 스타가
될 거야

태국에서 탱고를 배운 지 2개월쯤 되었을 때였다. 방콕에 놀러 온 친구 한 명을 따라 키좀바 일일 레슨을 들으러 간 적이 있다. 키좀바는 아프리카 앙골라에서 시작된, 살사에 탱고가 섞인 춤이다.

학생들은 널찍한 플로어에 횡렬로 서서 수업을 들었다. 그날의 강사는 키좀바를 출 때 골반을 잘 사용하는 게 중요하다고 강조했다. 다양한 국적의 남녀노소는 한 줄로 서서 엉덩이를 위아래로 섹시하게 흔들었다. 탱고에서는 본 적 없는 움직임이었다. 쑥스러움이 많은 나는 어색하게 엉덩이를 꿀렁거렸는데 옆의 수염이 덥수룩한 유럽계 외모의 남자도 무뚝뚝한 표정으로 나처럼 엉덩이를 움직이고 있었다. 나와 그 사람은 유독 '섹시함'과 거리가 멀어 보였다.

몸과 마음의 괴리에 정신이 혼미할 때쯤 수업은 끝이 났고, 바로 키좀바를 출 수 있는 파티가 시작되었다. 화려한 조명 아래 흥겨운 음악이 흘렀지만 나는 모히토 한 잔을 쥐고 멍하니 앉아 있었다. 한참 구경만 하고 있는데 아까 옆에서 나처럼 어색하게 춤을 배웠던 덥수룩한 수염의 그가 알은체했다. 이름은 산티아고, 아르헨티나의 옆 나라 우루과이에서 왔다고 했다.

약간의 스몰 토크가 오가고, 산티아고와 나는 같이 춤을 추기 시작했다. 배운 대로 키좀바를 추어보려고 했는데 아무래도 잘 안 되어서 등줄기에 식은땀이 났다. 산티아고도 마찬가지인 듯했는데 갑자기 그가 자연스럽게 물 흐르듯 춤을 추는 것이 아닌가. 무슨 일인지 나도 몸이 저절로 움직여졌고, 신나게 한 곡을 출 수 있었다. 산티아고가 무척 반가운 표정을 지었다.

"너 탱고 추는구나?"

산티아고는 키좀바를 추다가 어려워서 포기하고 스리슬쩍 탱고를 추었던 것이다. 나는 고개를 끄덕이면서 배운 지 이제 2개월 됐다고 말하는데 괜히 얼굴이 붉어졌다. 산티아고는 깜짝 놀라더니 갑자기 안색을 바꿨다. 그리고 강렬한 눈빛으로 힘 있게 말했다.

"너는 탱고 스타가 될 거야!"

이 말을 들은 나는 얼마나 설렜는지 모른다. 밀롱가에 가면 춤 신청을 받지 못해 때로는 한두 시간 자리에 앉아만 있던 탱고 초급자인 내게 '탱고 스타'가 될 것이라고 말하다니. 계속 탱고를 출 만한 재능이 있기는 한 건지 의심 많던 나의 가능성을 증명받은 것 같아 떨 듯이 기뻤다.

산티아고는 그 후 얼마 지나지 않아 내가 다니던 댄스 아카데미에 탱고 수업을 하러 왔다. 덥수룩한 수염과 곱슬머리의 산티아고가 선생님으로 등장했을 때 어찌나 반가웠던지 덥석 달려가 배꼽 인사를 할 뻔했다.

탱고를 시작한 지 곧 10년, 나는 어떤 땅게라가 되어 있는 걸까. 아쉽게도 나는 산티아고의 말처럼 탱고 스타가 되지는 못했다. 초반에 한국 대회에서 뉴스타 챔피언을 한 적이 있기는 하지만, 그건 내 상상 속 탱고 스타의 모습은 아니다. 많은 사람들이 나의 춤을 좋아하고, 전세계를 돌아다니며 곳곳에 나만의 탱고를 전파하는 그런 모습이 진정한 탱고 스타일 테다. 요즘의 나는 밀롱가는커녕 집에서 탱고 음악이나 찾아 듣는 방구석 탱고인이자 육아 외에는 다른 데 신경 쓸 겨를이 없는 엄마가 되었다.

그래도 후회는 없다. 탱고를 추며 만난 남편, 태교로 탱고 음악을 실컷 듣고, 탱고 음악만 나오면 엉덩이를 흔드는 아기가 곁에 있다. 탱고 스타가 되지는 못했지만, 탱고로부터 내 인생 가장 소중한 존재들을 선물 받았다. 나중에 우연히 산티아고를 다시 만나게 된다면 이렇게 말해주고 싶다.

"나, 탱고 스타 말고 탱고 패밀리가 되었어!"

엇갈린
시선

밀롱가에 가면 가장 두드러지게 나타나는 나의 캐릭터
는 '쫄보'이다. 수줍음도 겁도 많기 때문이다. 그런 내
게 가만히 상대방의 눈을 바라보는 탱고의 춤 신청 방
식 까베세오는 탱고를 배우면서 가장 어려웠던 점 중
하나다. 다른 사람의 눈을 지그시 바라보는 일은 어쩐
지 쑥스럽고 민망하다.

그래도 그날은 컨디션이 꽤 좋았다. 다양한 아카데미
사람들이 한데 모이기도 하고 평일과 달리 새벽까지
운영되는 토요일의 밀롱가를 오랜만에 찾는 날이었다.

남편과 오전에 요가도 가뿐하게 마치고 낮잠도 푹 자고 일어나 밀롱가에 갈 준비를 했다. 은은한 블랙베리 냄새에 나무향이 섞인 향수를 손목과 귀 뒤에 살짝 뿌리고, 좋아하는 네이비색 시폰 셔츠에 무릎까지 오는 블랙 스커트를 입었다.

"아차, 나 안경 챙겼나?"

차에 내려 밀롱가를 향해 걷다가 남편에게 물었다. 안경을 찾으러 다시 차로 돌아가야 하나 싶었지만 다행히 안경은 가방 속에 고이 들어 있었다. 운전할 때 쓰려고 맞춘 안경은 내게 밀롱가용 안경이 된 지 오래다. 안경만 있으면 멀리서 보내는 까베세오에도 정확하게 고개를 끄덕일 수 있다. 나를 보는 건지 옆 사람을 보는 건지 긴가민가 헷갈리다가 아까운 춤 신청을 놓쳐버리지 않을 수 있으니 안경은 까베세오를 위한 나만의 비장의 도구이다. 물론 플로어에 나갈 때는 테이블에 안경을 벗어둔다.

밀롱가에 들어서니 역시나 익숙한 지하의 냄새, 은은한 주황빛 조명, 사람들의 열기가 우리를 맞는다. 이른 시간에 도착해서일까 적당히 춤추기 좋게 한산한 플로어에 음악도 마음에 든다. 한바탕 신나게 놀아야겠다 싶었다. 친근한 얼굴들과 반갑게 인사를 주고받으며 자리를 잡았다. 보통은 뒤쪽에 앉는 게 마음이 편한데 이날따라 의욕이 샘솟았는지 플로어 가까이에 바투 앉았다. 그리고 춤도 꽤 췄다.

내 자리에서 60도 대각선 부근에 앉은 사람. 전에 몇 번 춰본 적이 있는데, 이상하게 최근에는 까베세오가 되지 않는 고수다. 기본자세인 아브라소가 호텔 구스 이불처럼 포근하고 산뜻한 그는 음악을 자기만의 방식대로 기가 막히게 해석한다. 하지만 언젠가부터 내가 쳐다볼 때면 저 멀리 천장을 보며 시선을 회피하던 그와 오랜만에 드디어 눈이 마주쳤다.

'뭐야. 혹시 나를 보는 건가? 갑자기 무슨 일이지? 아,

나 오늘 몸 상태 좋으니까 잘 출 수 있겠지? 그래, 오늘은 실망시키지 않겠어.'

순간적으로 고개를 끄덕이고 자리에서 일어서는 그 짧은 시간에 많은 생각이 스쳤다. 나를 쳐다보는 게 맞는가 하는 의심, 내 춤 실력에 대한 긴장, 그리고 실망시키지 않겠다는 다짐까지. 그는 내게 성큼성큼 다가왔고, 나는 앉아 있던 자리에서 일어나 플로어로 나가 그를 기다렸다.

그리고 그는 훅 하고 나를 지나쳤다.

그는 내 뒤에 서 있던 미러볼처럼 반짝이는 화려한 옷을 입은 여성에게 향했다. 저마다 둘이 되어 춤을 추는 플로어에 나는 혼자 덩그러니 서 있었다. 밀롱가 조명은 주황색이다. 그 이유는 까베세오에 실패해 벌게진 얼굴을 가려주기 위한 밀롱가 사장님의 배려 아니었을까. 조명이 주황색인 것이 다행이라고 생각하며 아무렇지 않은 척, 마치 플로어에 나간 건 뒤쪽으로 물을 가지러 가려고 했던 것인 양 애매한 곳에 눈을 두고 천천히 몸을 옮겼다. 플로어에 서서 그를 기다리던 시간은 마치 내가 느리게 걷고 있었던 것뿐인 걸 온몸으로 표현하듯 말이다.

내 옆 사람들도 보고, 뒷사람도 보고, 그 고수도 봤겠다고 생각하니 눈가가 촉촉해졌다. 앞으로 민망해서 다시는 그 사람한테 까베세오를 못할 것 같다고 생각했다. 아무렇지 않은 척 물 한 통을 챙겨 모든 걸 지켜보고 있던 남편에게 갔다. 남편은 희미하게 웃고 있었다. 안경 챙겨봐야 다 소용없다. 부디 다음부터는 엉덩이가 무거워지자고 다짐했다.

근사한
걸음

높은 천장에 오래된 고급스러운 나무 장식, 새하얀 테이블에 골드 테이블 러너, 은은한 레몬색 장미가 테이블마다 소담스럽게 놓여 있다. 창밖으로 홍콩의 남쪽 바다가 한눈에 보인다. 영화 〈색, 계〉에서 탕웨이와 양조위가 처음으로 데이트를 한 레스토랑이다.

함께 이탈리아에 갔던 홍콩 친구 J와 C의 결혼을 축하하기 위해 한걸음에 달려왔다. 이런 곳에서 평생을 약속한다면 일상에서 마주하는 어떤 미세먼지도 금방 벚꽃처럼 가볍고 로맨틱해질 것만 같다. 탱고 부부의 결혼식답게 잔잔히 탱고 음악이 흘러나온다.

어느새 결혼식의 주인공들은 탱고를 추기 시작했다. 차르르 내려오는 청록색 새틴 드레스를 입고 우아하게 반짝이는 진주 귀걸이를 한 신부 C와 귀여운 나비넥타이를 한 신랑 J.

J는 장난기가 넘치는 평소 모습과는 다르게 조심스럽게 한 스텝 한 스텝 발을 뗐다. 인생에서 가장 설레면서 두렵기도 하고 긴장되는 순간이 아닐까. 가족과 친지, 친구들 모두의 앞에서 둘의 평생을 약속하는 춤이니 말이다. 진지한 J의 리딩에 차분히 응하는 C의 팔로잉.

두 사람이 함께 걷는 춤 탱고에서 나온 유명한 표현이 있다. It takes two to tango. 탱고를 추려면 두 사람이 필요하다는 이 말은, 우리 속담으로 말하자면 손바닥도 마주쳐야 소리가 난다는 의미가 되었다. 이 순간 친구들은 어떤 마음으로 둘만의 춤을 완성했을까.

여자의 걸음이 편안할 수 있도록 길을 열어준다는 남자의 리딩처럼, J는 사랑하는 C의 앞날을 안온하게 만들어주겠다는 다짐을 춤에 담았을지도 모르겠다. 정성스러운 J의 리딩에 C는 평생의 진실한 사랑을 맹세했을지도 모르겠다.

탱고 음악의 다양한 음고와 장단처럼 어떤 날에는 그들의 삶에 거센 비바람이 들이닥칠 수도 있을 것이고, 또 보드랍고 다정한 선율이 그들을 감싸줄 수 있을 것이다. 하지만 언제든 그들의 곁에는 지금처럼 항상 탱고 음악이 흐를 것이다. 그렇게 J와 C는 둘만의 탱고를 완성하며 한 발, 한 발 함께 인생을 걸어갈 것이다.

구렁이 같은
댄서가
되고 싶어

어제도 밀롱가에 갔다. 요즘 일주일에 네 번은 가는 것 같다. 1년 중 가장 한가한 시기라 그렇다. 어제는 춤을 추고 와서 남편에게 웬만하면 다치지 않는 골반과 무릎 관절이 이상하게 아파졌다고 투정을 부렸다. 평소에 잘 안 추는 분들과 춘 날이기도 했는데 아무래도 춤이 잘 안 맞았던 것 같다고 했다. 탱고는 워낙 상대와 밀착해 추는 춤이라 함께 추는 이가 힘 조절을 잘못하면 상대를 다치게 할 수도 있다. 같이 갔던 남편이 투덜거리는 나를 달랬다.

탱고를 추다 보면 신기하게 상대방이 족저근막염으로 발이 불편한지, 왼손잡이인지, 최근에 손목이 아픈지 같은 것들이 고스란히 느껴진다. 그래서 한 딴다를 한 사람과 잘못 추고 들어오면 나도 발이 아프거나 손이 아프거나 할 때가 있다. 이런 단점이 있기도 하지만, 또 한편으로는 함께 춤을 추는 상대방의 에너지나 감정까지 모두 전달받을 수 있다는 신비로운 장점도 있다. 아무리 생각해도 탱고는 참 민감하고 섬세한 춤이다.

어떤 날에는 펄떡거리는 생선처럼 건강한 에너지를 내뿜던 사람이 다른 날에는 파김치처럼 축 처져 있을 때도 있고, 또 어떤 날에는 구름 위를 걷는 것처럼 가볍고 경쾌할 때도 있다. 그래서인지 매번 같은 사람들과 춤을 춰도 재미없거나 지루하지 않다. 나 역시도 밀롱가에 갈 때마다 다른 컨디션으로 상대방과 음악에 몸을 맡긴다.

예전에 남편과 두 달 동안 동호회 품앗이(쉽게 말하면 강사와 비슷하다)를 한 적이 있다. 그때 수업을 듣는 분들 등 뒤에 백지를 붙이고 기본자세인 아브라소 안에서 약간의 걷기 동작을 하게 했다. 그다음에 상대방의 아브라소에서 느껴지는 이미지를 적어주는 게임을 해보았다. 등 뒤에 종이를 붙이고 여러 사람과 춘 후 적기 때문에 일종의 익명 롤링페이퍼 같은 개념이었는데, 곳곳에서 맑음, 쾌청, 기린, 코알라, 자갈, 강물, 고양이 등의 단어들이 나왔다. 탱고를 추다 보면 그 사람의 개성이 고스란히 전달되는 게 참 신기하다. 세계적인 유명 댄서와 춘 어떤 이의 말을 빌리면, 그 댄서의 느낌은 커다란 야생 구렁이 같았다고 한다. 나는 언제쯤 그렇게 강렬한 댄서가 될 수 있을까.

탱고의 특성이 이렇다 보니 나는 늘 내 춤이 궁금하다. 나와 가장 자주 추는 남편에게 내 춤의 느낌에 대해 물어보면 남편은 "보배는 일단…"으로 시작한다. '일단'이라는 부사어에 곧 '어떻게 해야 한다'라는 잔소리가 이어질 것 같아 얼른 남편의 말을 제지했다. 실력 말고 느낌에 대해 말해달라고 미간을 잔뜩 찌푸리며 눈빛으로 위협했다. 남편은 움찔하더니 대답했다.

"무채색이라고 할까? 보배는 대체 무슨 생각하면서 춰?"

문득 스무 살이 되었을 때 예쁘게 꾸미고 나서 친오빠에게 "나는 언제가 제일 예뻐?"라고 물어보았던 기억이 났다. 대답을 안 하길래 질문을 바꿔서 다시 물었다. "그럼 나는 언제가 제일 못생겼어?" 오빠는 망설이지도 않고 "꾸민다고 꾸몄을 때"라고 대답했다. 발끈하기도 했지만 물어본 내 잘못이지 뭐, 하며 참았다. 남편도 점점 친오빠처럼 얄미워지는 걸까. 나만의 색깔을 가지고 싶은 사람한테 하필이면 무채색이라니. 믿고 싶지 않았다. 물론 나도 가만있지는 않았다.

"당신은 코끼리 같아. 그런데 또 카스텔라 같기도 해. 우유에 찍어서 축축해진 카스텔라(단단한 코어가 없다는 뜻이다). "

남편의 콧김이 세지는 것 같았지만 아랑곳없이 놀려주기
다가 서로의 춤에 대해 말하는 건 그만두기로 했다. 가
뜩이나 무채색인 내 마음에 잿빛 구멍까지 뚫고 마무
리된 내전이었다.

춤 안에 개성을 담으려면 어떻게 해야 할까. 음악도 공
부하고, 수업도 열심히 듣고, 운동도 해야 하는 건 탱
고 실력을 높이기 위해 일반적인 방법이라지만, 춤에
나만의 개성을 담으려면 어떻게 해야 하는 걸까.

그래, 좋아하는 책을 읽을 테다. 상상력도 키우고, 나를
확장시켜보는 게 어떨까. 따뜻한 봄바람이나 시냇물
의 흐름, 계절마다 달라지는 나뭇잎도 지금보다 더 자
주 관찰할 테다. 자아가 깊어지고 진해질 수 있도록 말
이다. 겉으로 보이는 탱고 동작은 모두 비슷해 보일 수
있겠지만, 그 안에서 드러나는 나의 시선, 나만의 해석,

개성은 이 세상에 단 하나뿐일 것이다. 내가 커다란 야생 구렁이 같은 댄서가 될 수는 없어도 어느 맑은 날의 봄기운 같은 댄서는 될 수 있지 않을까.

내일은 미뤄놓은 운동을 가야겠다. 그리고 돌아오는 길에는 맑은 하늘을 실컷 보고, 익숙한 카페에 앉아 따스한 햇살을 받으며 좋아하는 책을 읽어야지. 탱고를 좋아하는 마음으로 주변의 많은 것들을 관찰하고 싶다. 이번 주부터는 함께 연습하자는 남편의 말도 그냥 넘기지 말아야겠다.

탱고
판타지

영화감독 샐리 포터는 〈레이지〉라는 새로운 영화 대본을 쓰다가 머리가 복잡해졌다. 대본이 잘 풀리지 않는지 거리를 돌아다니다 우연히 파블로 베론의 탱고 공연을 본다. 포마드로 머리칼을 가지런히 넘긴 채 파트너와 열정적으로 춤을 추는 파블로의 모습에 샐리는 금세 매료된다. 그러고는 공연이 끝난 뒤 무대에서 나온 파블로에게 탱고 레슨을 문의한다.

곧 그와의 첫 번째 레슨이 시작된다. 수업 장소에 찾아온 샐리를 아르헨티나 사람 특유의 나른함으로 맞이하는 파블로. 둘은 음악도 없이 먼저 '걷기'부터 시작한다. 수업이 세 번쯤 진행되었을 때, 샐리는 집수리 때문에 오랫동안 집을 비워야 한다는 핑계로 탱고의 고장 부에노스아이레스로 떠난다. 그곳에서 샐리는 평범해 보이는 두 명의 선생님에게 수업을 듣기도 하는데, 그들은 사실 세계적인 댄서 구스타보 나베이라와 파비안 살라스이다.

구스타보는 이제 막 탱고를 시작한 샐리에게 고개를 정면으로 들기, 두 발은 항상 리더를 향하기, 한쪽 다리로 중심 잡기 등을 알려준다. 처음으로 탱고 슈즈를 맞춘 샐리는 어색하게 걸으면서도 점점 탱고에 빠져드는데, 이 일련의 모습들이 선생님이 구스타보인 것만 뺀다면 내가 처음 탱고를 시작했을 때의 모습과 비슷해서 영화 〈탱고 레슨〉을 보는 내내 웃음이 났다.

초보 땅게라 역할을 연기하는 샐리의 모습은 비현실적으로 아름다웠다. 샐리의 춤은 가벼우면서 탄성 있고,

부드러우면서도 안정적이었다. 셀리 포터는 실제로 꽤 오래 탱고를 춘 사람임이 분명하다. 중간 중간 카메오로 등장하는 유명 댄서들 역시 영화의 재미를 살린다. 밀롱가에서 셀리에게 춤 신청을 하고, 이에 파블로가 처음으로 눈에 불을 켜고 질투를 하는 대상은 탱고계의 전설인 카를로스 코펠로이다. 이 영화를 탱고를 추지 않는 사람들이 봐도 아름답다고 입을 모으는 이유는 아무래도 이런 전설적인 댄서들의 춤 덕분이 아닐까 싶다. 그들의 탱고에는 그들의 인생이 담겨 있고, 그 에너지를 느끼기에는 단 몇 초면 충분하니 말이다.

영화 〈탱고 레슨〉은 마치 인생이 그렇듯 사랑, 성장, 분노, 질투와 같은 다양한 감정선과 그 안에서의 모순적인 행동을 있는 그대로 보여준다. 사랑하지만 일부러 거리를 두고, 함께 추는 춤임에도 한쪽은 그저 팔로 follow만 하라는 파블로의 말처럼 모순투성이다. 영화의 인물들은 모두 실명으로 등장하며 직업도 실제와 같다. 그래서인지 어디서부터 어디까지가 진실이고 허구인지 도통 구분이 어렵다. 샐리가 극 중에서 내내 고통받으며 시나리오를 썼던 영화 〈레이지〉는 실제로 12년 뒤인 2009년에 개봉하기도 했다. 마치 탱고에서 자주 사용하는 동작인 '오초ocho(숫자 8)'의 형태 혹은 '뫼비우스의 띠'처럼 현실과 허구가 혼란스럽게 뒤섞인다.

탱고를 배울 때에도 비슷한 감정을 느낀다. 긴장을 풀고 추되 축은 단단히 잡고 있어야 하고, 머리는 하늘로 우뚝 솟아야 하지만, 골반과 엉덩이는 바닥에 푹 내려놓아야 하는 것처럼 인생도, 영화도, 탱고도 모든 게 역설이고 모순이다. 주인공이자 감독 샐리 포터가 말하고 싶었던 건 무엇일까. 탱고를 통해 자신의 인생을 보여주고 싶었던 것일까, 인생의 모순성을 탱고에 함축하고 싶었던 것일까. 어쩌면 자신의 '탱고 판타지'를 직접 영화 속에 구현하고 싶었던 것일지도 모르겠다.

탱고를
잘
춘 다 는   건

머리카락을 깔끔하게 올려 묶어 그 아래 드러난 아름
다운 목선, 그와 별개로 탄탄한 등 근육. 세계에는 아
름다운 댄서들이 참 많지만 요즘 가장 마음에 담고 있
는 댄서는 이탈리아 출신의 로레나 타란티노이다. 공
연을 하러 한국에 온 그녀를 가까이에서 처음 봤을 때,
동영상 속 이미지와 다른 모습에 나는 사뭇 놀랐다. 까
만 머리에 커다랗고 진한 눈동자, 그 눈에 담긴 차분함
과 조심스러움은 어쩐지 상상 속 화려한 탱고 댄서의
분위기와는 거리가 있어 보였다.

탱고의 본고장인 아르헨티나 출신 댄서가 아님에도 세계적으로 사랑받는 로레나의 매력은 무엇일까. 그의 춤을 보고 있자면 탱고가 '두 개의 다른 언어'를 사용한 커뮤니케이션의 일종이라던 어느 댄서의 말이 생각난다. 아름다운 탱고는 각기 다른 두 사람의 조화에서 비롯된다. 빼곡하게 채운 관중들 앞에서도 음악이 시작되면 주변은 희미해지고 그와 파트너만이 세계에 있는 듯 진해진다. 그리고 음악을 매개로 완벽하게 새로운 둘만의 세계를 창조한다.

외워놓은 춤사위를 흘려놓는 게 아니라 그 찰나의 시공간, 감정 그리고 관중들의 반응까지 온몸으로 흡수해 즉흥으로 담아내는 그의 춤을 보고 있으면 나는 저절로 긴장한다. 두 사람은 서로의 모든 표현을 적극적으로 주고받는다. 여기서 '적극적'이라는 표현이 '적극적으로 자기 이야기를 한다' 또는 '자기표현에 집중한다'로 해석될까 조심스럽다. 로레나는 누구보다 상대의 이야기(동작)를 적극적으로 듣는다. 그리고 그 이야기를 다시 적극적으로 받아쳐 둘이 만든 제3의 세계를 파트너와 함께 유영한다. '제안 – 적극적인 해석 – 두려움 없는 새로운 제안 – 확장'인 셈이다. 그래서인지 둘의 탱고는 곡의 후반부에 갈수록 절정에 이른다.

내가 로레나의 춤을 좋아하는 이유는, 솔직하게 자신의 언어를 그대로 드러내면서도 가식과 꾸밈이 없고, 상대에 집중하면서도 명쾌하고 확실하게 자신의 말을 하기 때문이 아닐까 싶다. 그러면서도 이 대화가 서로에게 기쁨의 시간으로 존재한다는 확신을 가감 없이 드러낸다. 춤에 집중한 로레나는 상대방을 충분히 빛나게 해주면서도 자기만의 고유한 색을 잃지 않는다. 각자의 개성이 두려움 없이 안전한 곳에서 자유롭다. 그제야 둘의 춤은 확장되고, 진해지며, 깊어진다.

탱고가 커뮤니케이션의 일종이라는 표현에 공감한다. 대화에서의 포지셔닝처럼 탱고도 그렇지 않을까. 나만의 세계를 고집해 일방적으로 설득하려는 것이 아닌,

혹은 공허하게 상대방의 이야기만 경청하다가 끝나버리는 것도 아닌, 다른 존재로부터 전달되는 낯선 이야기에 적극적인 청자이면서 화자가 되는 그런 대화 말이다.

그래서 매력적인 대화의 즐거움을 만들어낼 줄 아는 이가 탱고도 잘 추지 않을까 생각한다. 탱고가 어려운 이유는 어쩌면 동작을 화려하게 잘하는 것보다도 결국 상대에 대한 적극적인 환대와 신뢰, 누구에게도 대체되지 않는 나만의 고유성, 그리고 나와 타인 사이에서 자유로울 수 있는 여유를 지녀야 하기 때문일 테니까. 서로에 대한 경청과 각자의 자유로움은 서로를 빛나게 하기에 충분하다.

로레나가 한국을 떠난 뒤 SNS로 간간이 받아보는 그의 소식은 여전히 내게 근사한 자극이 된다. 그가 지칠 줄 모르고 세계 곳곳에서 공연하는 영상을 볼 때면 탱고라는 시원한 물을 한잔 마신 것만 같다.

귀여운
황금 구렁이가
나타났다

얼마 전 〈구렁이 같은 댄서가 되고 싶어〉라는 글을 썼을 무렵이었다. 글쓰기를 하다 보면 항상 과몰입 상태가 유지된다. 그날도 그랬다. 꿈에서 구렁이를 만났다. 초록색으로 우거진 큰 나무가 있었고, 하늘에서인지 나무에서인지 내 몸통보다 큰 묵직한 구렁이가 내 품에 풍덩 떨어졌다. 꿈속에서 나는 소리쳤다.

"안 돼. 구렁이 싫어!!!!!!"

구렁이 같은 댄서가 되고 싶다고 할 때는 언제고, 구렁이가 내 품에 떨어지니 싫다고 외치는 꼴이라니. 그러자 시커먼 구렁이가 갑자기 나를 놀리듯 노란 황금 구렁이로 바뀌었다. 만화 캐릭터처럼 귀엽게 생긴 황금 구렁이가 나를 보고 생글생글 웃었다. 나를 보고 웃는 구렁이라니 어안이 벙벙했다. 흉몽은 아닐까 얼른 눈 뜨자마자 검색창을 켰다. 구렁이 꿈은 복과 행운의 상징이고, 새로운 연인이 생기거나 태몽이라고 했다.

'흉몽이 아니어서 다행이다. 로토라도 사야 하나.'

며칠 지나지 않아 탱고 대회가 있었다. 그새 봄이 온 듯했다. 얇은 탱고 드레스 위에 트렌치코트만 걸쳐도 따뜻한 날이었다. 3월 초 우리의 두 번째 결혼기념일에 남편과 나는 휴가를 내고 연습실을 예약했다. 구렁이 꿈도 꿨겠다, 드디어 이번에는 좋은 성적을 낼 수 있을 것인지 내심 기대도 했다. 대회까지 얼마 남지 않은 시간 동안 우리는 최선을 다해 연습에 열을 올렸다.

그런데 대회 당일 이상하게 계속 배가 아팠다. 거기에
다 지하 1층 대회장의 붐비는 인파 때문인지 숨쉬기가
힘들어 시도 때도 없이 바깥으로 나가 바람을 쐬었다.
대회 결과도 그저 그랬다. 준결승에는 진출했지만, 결
승에는 가지 못했다.

포기가 빠른 나는 준결승이 어디냐며 만족스러운 기분
으로 다음날 밀롱가에 가서 실컷 놀았다. 대회 준비를
한다고 운동을 열심히 했던 덕분인지 평소보다 몸도
유연하고 힘이 넘쳤다. 내일은 없는 것처럼 놀았던 그
날이 당분간 내 마지막 밀롱가 방문이 될 줄은 상상도
못한 채 말이다.

어쩐지 이상하게 이틀에 한 번 매콤한 닭발이 먹고 싶
었다. 잠을 하루에 스무 시간은 자는 것 같다며 남편은
누가 보면 탱고 대회 전 종목에 출전하고 온 줄 알겠
다고 놀렸다. 밀롱가에서 춤을 추고 난 후 한동네 사는
탱고 언니와 집에 돌아가던 길이었다. 또 닭발을 주문

할까 고민하던 나를 보고 언니는 혹시 임신한 것은 아
니냐고 물었다. 나는 별 생각 없이 아마도 아닐 것이라
고 대답했다.

그리고 일주일 뒤, 임신 테스트기에 두 줄이 떴다.

구렁이 꿈은 태몽이었다. 봄에 탱고 대회 나갔을 무렵
나타난 아기라 태명을 '봄땅이(탱고의 고장 아르헨티나에서
는 탱고를 '땅고'라고 읽는다)'로 했다. 다른 의미로는 겨우
내 얼어붙은 땅이 녹아 파릇한 새 생명을 품는 '봄의
땅'이기도 했다.

임신 사실을 알고 난 뒤 입덧이 시작돼서 밀롱가에 갈
수가 없었다. 계획했고 간절히 바랐던 임신인데, 막상
임신 사실을 알자마자 많이 혼란스러웠다. 당장 탱고
는 어떻게 해야 할지, 하고 있던 운동은 계속해도 될지
고민되었다. 달라진 체력과 몸 상태에 적응이 되지 않
았고 감정 기복에 마음도 지쳤다. 그 무렵 아기를 낳고

육아 중인 세계 탱고 챔피언 커플 멜리사와 크리스티안에게 나의 임신 사실을 털어놓았다. 이들과 우리 커플이 처음 만났을 때만 해도 우리는 모두 연애 중이었는데 어느새 두 커플에게 아기가 찾아왔다.

멜리사는 임신 사실을 알자마자 탱고를 쉬었다고 했다. 임신 기간은 생각보다 우리 인생에서 아주 짧고, 온전히 아기에게 집중할 시간이 필요했다고 했다. 탱고는 우리를 기다려준다는 유명한 말이 있지 않느냐며, 하지만 인생은 우리를 기다려주지 않는다고 조언했다. 이야기를 나누다 보니 혼란스러운 감정도 어느새 잠잠해졌다.

임신을 준비하고 있었다고 해도, 정작 닥치고 나니 아는 게 하나 없는 듯했다. 밀롱가에 가지 않는 시간에 동네 도서관으로 산책을 다니면서 임신에 관련된 책이나 기분이 풀릴 만한 유쾌한 책을 빌려 읽었다. 임신·출산 책을 잔뜩 읽으니 조금 나아졌다. 책을 읽으면 막

연한 불안감이 해소될 때가 있다.

입덧 때문인지 여전히 탱고를 추고 싶은 마음은 들지 않았다. 아침마다 향긋하게 풍겼던 커피 냄새를 피한 지도, 가장 좋아했던 남편의 향수 냄새를 못 맡은 지도 오래다. 밀롱가를 떠올리면 입구부터 풍기는 지하의 쿰쿰한 냄새와 각양각색의 향수 냄새가 느껴져서 머리가 아파왔다.

밀롱가는 못 갔지만 종종 탱고 음악 콘서트에 가거나 밀롱가 밖에서 탱고 친구들을 만났다. 마침 한국에 있는 멜리사와 크리스티안은 만날 때마다 아기 초음파 사진을 보여달라고 하고, 세 살 된 아들 막시모의 유아차를 넘겨주며 연습해보라고 했다. 뱃속 아기의 첫 배냇저고리와 양말을 선물해주었다.

비록 탱고 추는 건 잠시 멈춰둔 상태지만, 밀롱가에 가서 탱고를 추는 것 외에도 탱고를 즐기는 방법이 많다는 걸 배워가고 있다. 집에서 종일 탱고 영상을 보고, 탱고 반도네오니스트 고상지와 바이올리니스트 김아람의 연주를 들으러 공연장에 간다. 탱고에서 사귄 친구를 만나 탱고와는 전혀 상관없는 유기농 채소에 대한 이야기를 나누기도 한다.

누군가가 내게 탱고가 왜 그렇게 좋냐고 물었던 적이 있다. 아무래도 탱고는 나에게 취미 그 이상인 것 같다. 처음으로 가장 푹 빠져본 취미이기도 하지만, 탱고 시작 후 생긴 나의 인연들이 모두 탱고로 이어져 있기 때문이기도 할 테다. 다정한 친구들, 사랑하는 남편, 그리고 탱고 대회 때 우리를 찾아온 아기까지. 지금은 여건이 안 돼서 탱고를 전처럼 즐길 수는 없지만, 그럼에도 여전히 탱고는 내 인생에서 떼어놓을 수 없는 존재이다. 당장은 입덧의 묘약으로 탱고 영상이 꽤 유용하기도 하고 말이다.

오늘은
누구랑 춘 게
제일 좋았어?

차가운 아메리카노 말고 루이보스 계열의 따뜻한 차,
매운 음식 대신 생전 안 먹던 맑은 황탯국이나 콩나물
국, 신나고 역동적인 후안 다리엔소의 곡보다 나긋하
고 다정한 풀비오 살라만카의 음악. 임신한 뒤 생긴 취
향의 변화이다. 임신하면 입맛이나 체형, 그 밖의 많은
것이 바뀐다고 하는데 음악 듣는 취향까지 달라질 줄
이야. 거기에 같이 춤을 추고 싶은 사람들도 달라졌다.

어느 정도 탱고를 춰온 사람이라면 딴다별로 달라지는
오케스트라에 따라 춤을 추고 싶은 상대도 확실한 편

이다. 나의 경우에는 빠른 곡은 재기발랄하게 곡을 해석하는 사람, 차분한 곡에는 음악보다 상대에게 충분히 집중해주는 사람과 추고 싶고, 컨디션이 좋은 날에는 뭐든 상관없이 온몸에 힘이 넘치는 사람과 추는 것을 좋아했었다.

그런데 임신하고 난 뒤부터 유독 '착한' 사람과 추고 싶다는 생각을 많이 한다. 음악보다는 상대방이 우선이고, 화려한 동작을 힘 있게 완성하는 데에 집중하기보다는 바로 상대를 충분히 배려해주는 사람 말이다. 물론 임신 전에도 아무리 탱고 실력이 좋아도 내 움직임에 사려 깊게 반응하지 않는 사람과는 추고 싶지 않았는데, 임신 후에는 이 경향이 조금 더 강해졌다. 아마 임신 후에 느려진 몸의 움직임이나 과도하게 분비되는 릴렉신 호르몬 때문에 몸이 다칠까 걱정되어서가 아닐까 싶다.

그렇다 보니 요즘 춤 신청을 주고받다 보면 대체로 기

본자세인 아브라소가 느슨하고 편안한 사람, 음악이나 탱고 동작보다는 나의 느릿한 거북이걸음에 맞춰 주는 익숙한 사람들과 추게 되는 것 같다. 춤을 잘 추든 못 추든 자신의 실력을 걱정하느라 조급한 사람보다 다른 건 다 중요하지 않으니 내 앞에 있는 이 상대방과 함께 편안하고 나긋한 시간을 만들고 싶어 하는 사람들과 추는 게 즐겁다.

탱고를 추고 돌아오는 길에 남편과 내가 주고받는 단골 질문이 있는데 그날도 마찬가지였다. 편의점에서 카프리썬 하나 사들고 차에 타서 시원하게 목을 축이며 남편에게 물었다.

"오늘은 누구랑 춘 게 제일 좋았어?"

남편은 요즘 상대가 누구든 상관없이 상대방과 축을 맞추면서 걷는 게 재미있다고 말했다. 전에는 모든 음악을 박자에 맞게 리드해야 한다는 부담이 있었는데,

요즘에는 상대방에 따라 서로에게 가장 편안한 자세가 뭘지 찾는 데 집중하다 보면 그 과정이 즐겁다고 했다. 남편도 내게 똑같이 물었다. "보배는?"

"나는 ○○님."

남편은 평소 늘 거론하는 예측 가능한 이름들이 아닌 나의 대답에 조금 놀란 것 같았다. 나는 "역시 착한 분들하고 추는 게 가장 마음도 편하고 행복해"라고 덧붙였다. 그리고 말을 이었다.

"음악을 잘 듣는 것도 중요하고, 상대방의 몸을 불편하지 않을 정도의 실력을 갖추는 것도 중요하고, 지루하지 않은 동작을 구사하는 것도 중요하고. 그래서 탱고가 참 어려워. 그런데 요즘 내가 드는 생각은 상대의 춤에서 내가 느껴지지 않으면, 내 춤에 상대가 없다면 그것도 마찬가지로, 어떤 화려한 동작도, 음악성도 소용이 없는 것 같아. 음악과 동작에 상대가 없으면 다

무슨 소용이람. 오늘은 그런 생각이 들더라고.

사실 우리가 가는 밀롱가에는 몸을 불편하게 하는 사람은 한 명도 없잖아. 오래 춘 사람들이 대부분이라 동작도 능숙하고 음악 듣는 방법도 다 남다르지. 그렇다 보니 이제는 상대의 춤에서도 내가 느껴지고 나한테서도 상대가 느껴지는, 그런 춤이 점점 더 좋은 것 같아. 아주 가끔이긴 하지만 당신하고 출 때도 박자나 동작에 내 존재가 밀리면 어쩐지 기분이 안 좋아지거든. 춤추는 시간도 꽤히 더 길게 느껴지기도 하고. 그런데 ○○님이랑 추고 나면 항상 나를 배려해줘서 늘 고마운 마음이 들어."

도란도란 이야기를 나누니 한밤중의 드라이브가 짧게 느껴졌다. 우리의 이야기는 결국 탱고도, 사랑도, 일도 다 마찬가지 아니냐는 방향으로 흘렀다. 아무리 훌륭한 외모와 조건의 사람이라도, 임신한 아내의 부은 다리를 잠꼬대로까지 걱정하는 다정한 남편만 한 사람이 없고, 대외적으로 명망 있고 유능하지만 함께하는 팀원을 등한시하는 냉혈한보다는 어느 정도 할 일을 잘하면서도 주변을 살뜰히 잘 챙기고 배려할 줄 아는 팀원이 내게는 더 소중하고 귀한 사람이라는 생각이 드는 것이다.

화려한 춤사위보다, 메트로놈 뺨치는 박자감보다 아무래도 가장 좋은 건 상대를 향한 배려가 아닌가 싶다. 속 편하고 질리지 않는 맑은 황탯국처럼, 카페인에 심장 벌렁거리는 차가운 아메리카노 말고 개운하고 몸에 좋은 따뜻한 루이보스 티처럼 말이다.

탱고 부부
클리닉은
없나요

함께 탱고를 추는 부부나 연인이 많다. 영화 속 한 장면처럼 사랑이 넘치는 순간만이 이어지면 좋겠지만, 탱고를 함께 추다 보면 가까운 사이일수록 다툴 일이 자주 생긴다.

우리 부부는 평상시에는 거의 싸울 일이 없는데, 이상하게 탱고만 추면 눈을 흘기고 난리가 난다. 남편은 눈흘기는 내가 이제 익숙해진 건지 크게 반응하지 않는다. 하지만 나는 그런 남편이 이상하게 얄밉기만 하다. 피드백이라는 명분으로 선생님처럼 굴기 때문이 아닐까 싶다. 남편은 피드백도 못 하면 그게 파트너십이냐고 항변하지만, 나는 아무래도 서로에게 직접 피드백을 주는 건 효율적이지 않은 것 같다. 주고받는 피드백이 사실 상대의 춤에 대한 잘 포장된 불평처럼 느껴질 때가 있기 때문이다. 그래서 파트너끼리 직접 피드백을 주고받기보다 배우고 싶은 선생님을 찾아가서 그 선생님의 방식을 통해 자기 춤을 수정하는 방법이 더 좋은 것 같다.

처음부터 남편의 피드백을 안 들었던 건 아니다. 남편은 피벗 동작을 할 때는 '바닥을 꾸욱 눌러 힘 있게' 돌아야 한다고 내게 말한 적이 있다. 나중에 내가 좋아하는 댄서 가스통 토렐리와 그의 파트너가 한국에 와서 수업을 듣게 되었는데, 그는 내게 피벗 동작을 할 때 '발에 힘을 빼고 가볍게' 돌아야 한다고 가르쳐주었다. 남자가 중심에 있고, 여자가 남자 주변을 원형 모양으로 도는 동작인 히로giro를 할 때도 여자를 안고 있는 남자의 팔을 여자가 힘 있게 돌려줘야 한다고 가르

처주었는데, 이것도 선생님들마다 이야기하는 바가 달랐다. 결국 모두 스타일의 차이일 뿐 정해진 답이 있는 게 아니었다.

어느 순간부터 남편의 제안이 자신의 스타일에 맞추라는 말로 들리기 시작했다. 나는 탱고가 워낙 디테일도 다양하고, 어려운 춤이기도 해서 탱고를 배우는 과정이 모두 각자의 신체에 맞는, 자기의 개성을 만들어가는 과정이라 생각하는 편이라 남편의 피드백이 꼭 정답인 것처럼 따르고 싶지는 않을 뿐이다. 솔직한 마음으로는 묘한 반발감이 생긴다고 할 수도 있겠다. 내가 이렇게 말하면 남편은 파트너십이라는 게 함께 맞춰가는 과정이라 이런 일이 자주 생길 수밖에 없을 거라고 한다. 이렇게 연습이 다툼으로 넘어가는 일이 몇 번 반복되다 보니 평화주의자 남편은 이렇게 다툴 바에는 탱고 연습을 안 하는 게 우리 둘의 관계를 위해 더 좋겠다고 선언했다. 그래서 나와 남편은 안타깝게도 탱고 '연습리스less' 부부가 되고 말았다.

이번 대회를 앞두고도 우리는 참가하네 마네, 다른 파트너를 구하네 마네 하다가 신청 마감 몇 시간 전에 아슬아슬하게 선수 등록을 했다. 대회 열흘 전에 내린 결정이니 수업을 제대로 들었을 리 만무하다. 연습도 총세 번밖에 하지 못했다. 남편은 종종 나를 '보케이노(보배+볼케이노)'라고 부르곤 하는데, 연습 중 보케이노의 마그마가 이글거리기 시작하면 남편은 가차 없이 연습을 중단했다. 덕분에 우린 탱고 연습을 하면서 싸울 일이 아예 없어졌고 슬프게도 그렇게 실력은 늘 제자리에 머물러 있다. 도대체 탱고판의 수많은 댄서 커플들은 어떻게 그렇게 싸우면서도 꾸준히 연습하는 걸까 진심으로 궁금하다.

대회에서 좋은 성적을 받은 커플들의 후기만 보더라도 '이제 좀 그만 싸우려나', '아무래도 파트너의 잔소리는 참기가 어렵다', '뒤에서 파트너의 샤우팅이 들렸다' 등의 이야기가 적지 않다. 예전에 세계 챔피언 부부도 연습할 때 생기는 갈등은 피할 수 없다는 이야기를 했던 기억이 났다. 우리만 그러는 게 아니구나 싶어 위로가 되면서도, 도대체 이렇게까지 싸움을 피할 수 없는 게 탱고인가 의아하다. 이정도라면 탱고판에 부부 클리닉 혹은 파트너 클리닉 같은 게 생겨야 하는 게 아닐까.

쌉싸름하고
달콤한
파트너십

남편과 내가 사귀기 전에 파트너로 함께 동호회 발표회를 준비할 때는 무수한 피드백을 주고받으면서도 싸우지 않았다. 비결이 뭐였을까 생각해봤다. 당시 남편은 우리 둘이 연습하는 모습을 정성껏 영상으로 남긴 뒤, 우리가 본떠 배우고 싶은 댄서들의 춤과 비교해서 길게 의견을 메모한 노트 파일을 넘겨줬다. '보폭이 몇 센티가 부족하며, 몸을 돌리는 각도가 몇 도 부족하다' 처럼 구체적인 수치와 방향을 분석해서 제안해주기도 했다. 부족한 점을 한눈에 보이게 정리하고 객관적인 자료를 제시하니 그의 말을 그대로 수긍할 수 있었다.

요즘에는 "중심축이 삐뚤어졌다, 코어 힘이 부족하다, 저 댄서는 꾸밈 동작이 화려하고 예쁜데" 등의 말에 수긍할 수 없고 기분만 상한다. 예전처럼 "중심축이 15센티 벗어났다, 플랭크 동작을 10분 할 정도로 코어 힘을 길러보자, 잘게 쪼개는 박자가 나올 때 꾸밈 동작을 넣어줘라"라고 구체적으로 제시해주면 좋겠다. 그것도 말로 전달하면 나도 모르는 사이 감정이 상할 수 있으니 예전처럼 예쁘고 반듯한 글로 정성껏 정돈해서 남겨주면 좋겠다. 사실 조금 더 바란다면, 남편도 코어 힘이 부족하니까 이왕이면 자기가 매일 플랭크든 요가든 하면서 나를 감화시켜주었으면 좋겠는 것이다.

파트너십에서 다툼이 자주 생기는 이유는 결국 서로의 춤을 충분히 믿고 존중하지 않는다는 것, 각자 추구하는 춤의 모양새를 정확하게 공유하고 있지 않다는 것, 피드백을 주고받을 때 감정적으로 변한다는 것 정도가 아닐까 싶다. 이외에도 수없이 많은 이유가 탱고 파트너십을 휘청이게 하겠지만 우선 이 정도를 해결하면,

갈등의 빈도를 훨씬 줄일 수 있지 않을까. 며칠간 해결 방안을 곰곰이 고민해보았다. 내가 생각한 바는 이렇다.

첫째, 서로의 춤을 존중한다. 내가 나의 신체에 맞는 춤을 밀롱가에서 추어왔던 것처럼 상대도 그 자신에 맞는 방식으로 춤을 추고 있을 테니 이 순간만큼은 낯선 타인을 알아가는 과정이라고 생각하고 존중하는 것이다. 오랜 연인으로 지낸 경우, 서로에 대해 속속들이 잘 알고 있다고 자신하게 되면서 생기는 문제 같기도 하다. 연인 관계에서도 5 대 1의 비율, 즉 긍정적인 피드백 다섯 개에 부정적인 언어 하나 정도의 비율이 적당하다고 하지 않던가. 앞으로 부정 피드백을 하나 주려면, 다섯 개의 칭찬을 해보자. 예를 들면, "자기는 유연하고 날쎄서 좋아. 적극적으로 움직이려고 하는 것도 좋고. 하지만 메트로놈 켜놓고 박자 연습도 해보자" 처럼 말이다.

둘째, 각자 추구하는 춤의 스타일을 충분히 공유한다.

하지만 이 부분은 우선 자기가 추구하는 춤의 방향을 명확하게 아는 게 선행되어야 한다. 이 시간은 꽤 오래 걸릴 수도 있으니 좋아하는 댄서들의 영상을 그때그때 공유하고 좋아하는 점에 대해 시간을 가지고 대화하는 게 필요하겠다. 본인이 좋아하는 댄서들의 인터뷰 영상 등을 보며 그들이 즐겨 하는 운동을 시도해보는 식으로 영감을 받을 수도 있겠다. 유명 댄서들 중에는 요가 자격증을 가진 사람들도 많고, 발레리나도 꽤 있다. 파트너가 함께 요가도 하고, 발레를 배우며 탱고 수다를 실컷 떠는 모습은 상상만 해도 행복하다.

마지막으로는 가장 중요한 부분인데, 소통의 방식이다. 상대방의 피드백에 감정적으로 반응하기 전에 우선 '환대'하는 태도가 필요한 것 같다. 프랑스 철학자 에마뉘엘 레비나스도 '타인에 대한 무조건적인 환대'가 결국에는 자기 고유의 주체성을 만드는 방식이 된다고 했다. 나는 환대는커녕 시도 때도 없이 불만 가득한 눈으로 남편을 흘겨보니까 될 것도 안 되는 것 같다. 나의 세계가 넓어지려면 다른 세계의 이야기도 충분히 수용해야 할 것이다. 헤겔의 정반합(正反合)도 같은 이치 아닐까. 새삼 철학자들이 탱고를 추었더라면 우리 부부 같은 고민을 안고 있는 사람들을 위한 파트너십 클리닉을 담당해줄 수 있었을 텐데 하는 생각도 들었다.

내 생각을 남편에게 이야기했다. 남편은 파트너십도 결국 두 사람이 다져가는 '관계'인데, 혼자 할 수 있는 다른 무엇들보다도 어려운 것이 아니겠냐고 했다. 거기에 하나 더 덧붙이자면, 각자의 역할만큼만 잘하자는 생각보다 각자의 역할 그 이상을 해낼 각오가 되어 있어야 둘이 함께할 때 다툼이 덜 생기지 않겠냐고도 했다. 파트너십에는 결국 '헌신'이라는 마음가짐이 필요할 것 같다는 이야기였다.

이렇게 이야기를 나누던 남편과 나는, 꾸준히 파트너십을 이어가는 탱고 댄서들이 수많은 갈등과 역경을 마주

하면서도 그 관계를 유지하는 것이 대단하다고 입을 모았다. 생각이 꼬리에 꼬리를 물다 보니 탱고가 어려우면서도 즐거운 이유가 여기에 있지 않을까 싶었다.

혼자서는 할 수 없고, 둘이서 마침내 해냈을 때 상상하지도 못했던 새로운 지평이 열리는 것. 그 달콤한 순간이 찰나일지라도 그 기쁨과 성취감, 그리고 완전한 일체감을 위해 지난한 과정을 견뎌내는 것. 그러니까 탱고는 달콤하기만 한 밀크 초콜릿이라기보다는 순도 높은 쌉싸름한 다크 초콜릿에 가깝다.

그런 의미에서 파트너십을 이어가는 과정이 어두운 터널처럼 느껴질 때면 이 쌉싸름함이 너무 써지지만은 않도록 노력해봐야겠다고 다짐해본다. 스치는 달콤함을 위해 한 번 더 애를 써보는 거다. 너무 지치는 순간이 온다면 잠시 쉬었다 가는 것도 좋고 말이다.

우리 사이에
흐르는
사랑의 물살

요즘 남편이 자꾸 날 따라한다. 휴지통을 비워달라고 하면 양 주먹을 꼭 쥐고 "힝"이라고 한다든지, 일 나가기 전에 문 앞에 서서 입을 삐죽 내밀고 "회사 가기 싫어"라고 한다든지 말이다. 내가 장난이라도 치면 원망스러운 눈빛으로 새침하게 쳐다보기도 한다. 덩치가 내 두 배는 되는 남편이 나의 따라쟁이가 될 줄은 상상도 못했다.

사랑하면 닮아간다는 말이 있는데, 사실 나는 남편이 내 모습을 닮을까봐 걱정이다. 나는 밖에 나가면 차분한 말투로 이야기하고, 되도록 온화한 척, 성숙한 척 표정을 짓기도 하지만, 집에만 들어오면 아주 말썽에 구제불능이다. 사춘기가 빨리 온 열두 살 여자애 같다. 남편은 왜 이런 내 모습을 따라하는지 이해할 수가 없다.

자꾸 입 내밀고 심통 부리는 꼬마 마녀 같은 모습만 따라하는 남편을 보면서 대체 왜 저러는 건가 싶다가 무릎을 탁 쳤다. 이게 그 롤랑 바르트가 말한 '사랑'인가? 무언가 정의 내릴 수 없는, 동어 반복의 어리석음. 그럼에도 불구하고 그곳에서 헤엄칠 수밖에 없는 사랑. 그 사랑의 물살들. 나를 따라하는 게 귀엽지만 귀엽지 않아. 나는 남편을 사랑하기 때문에 사랑해.

어젯밤에 독서 모임 사람들과 롤랑 바르트의 《사랑의 단상》을 같이 읽었다. 20대 때 아주 좋아했던 책인데, 다시 읽으니 그때 제대로 읽은 게 맞나 싶을 정도로 어려웠다. 책에는 '정의 내릴 수 없는, 동어 반복의 어리석음, 상상계' 등의 어려운 말들이 떠다녔다. 그렇지만 남편의 행동을 보고 있자니 이것이 롤랑 바르트가 말한 '사랑'이로구나 싶다.

바르트는, 사랑은 결코 정의 내릴 수 없는 것이며 언어로 충분히 설명할 수 없기에 어리석은 동어 반복만을 할 뿐이라고 했다. 사랑은 언어로 형상화될 수 있는 것이 아니며 그저 온 감각으로 보고 느낄 뿐이라고 말이다. 크고 말랑한 남편의 존재를 나의 눈으로, 피부로, 냄새로 느낄 뿐이다.

사랑은 한마디로 정의 내려질 수 없기에 그 이모저모를 세상에서 가장 관념적이고 추상적인 단어로 묘사해 놓으면, 그제야 독자들은 나열된 단어의 의미를 곱씹다가 가까스로 미묘한 티끌 같은 사랑의 끄트머리에 도달하게 되는 것이다. 바보 같은 열두 살 사춘기 소녀처럼 행동하는 나를 따라하는 남편을 보며 불현듯 사랑의 정의에 도달하듯 말이다.

지금 우리 사이에는 사랑의 작은 조각들이 촘촘히 쌓이고 있나 보다. 당신과 나 사이의 세계에 커다란 물살로 말이다. 따라쟁이 남편의 우스꽝스러운 모습은, 나일 강의 한 방울 물처럼 사랑의 조각이 되어 우리의 사랑을 완성하고 있는 중인지도 모르겠다.

"파트너와의 호흡, 진실한 사랑이
춤의 스타일과 움직임을 초월한다고 믿어요.
이 사랑은, 자신에 대한 사랑과
춤추는 것에 대한 사랑 모두를 말해요."

●

판초 마르티네스 페이
Pancho Martínez Pey

누구에게나
온기가
필요해

리더가 손을 내민다. 팔로어는 따뜻하게 그 손을 잡는다. 춤을 추기 위해 기술적으로 잡는 모양이라기보다 친한 친구의 손을 잡듯, 마음을 설레게 하는 연인의 손을 잡듯 해야 한다고 아르헨티나 탱고 선생님들은 말한다. 기본자세인 아브라소도 마찬가지이다. 오랜만에 만난 친구를 반갑게 안으며 안부를 묻듯, 사랑하는 가족에게 하듯 상대방을 안는다. 포옹은 상대에 대한 열린 마음, 경계의 허물어짐을 상징한다. 제스처로는 포옹을 하면서 마음으로는 상대를 밀쳐내는 건 진실한 포옹이 아니다.

낮에는 남들과 마찬가지로 일을 하며 평범하게 지내는 우리 부부가 탱고를 춘다고 말하게 될 때가 있다. 그러면 탱고를 추지 않는 사람들의 반응은, 호기심에 눈이 반짝거리는 경우가 반, 의심스러운 눈으로 쳐다보는 경우가 반이다. 흔히 "아, 껴안고 추는 그거?"라는 반문이 돌아오거나 "탱고는 스킨십이 심하잖아요"라는 말을 듣기도 한다. 어딘지 모르게 껄끄럽고 배타적인 반응에 당혹스럽다. 아마 탱고를 추는 대부분의 사람들이 비슷한 경험을 가지고 있을 것이다. 그래서 나는 일하는 곳에서나 업무적인 관계에서는 이 '은밀한 취미'를 공개하고 있지 않다. 괜한 오해나 편견 어린 시선을 굳이 받고 싶지 않은 마음이다. 내게 꽂히는 미심쩍은 눈빛이 탱고를 즐기고 있는 나로서는 아쉽게만 느껴진다.

물론 탱고는 상대를 안고 추는 춤이 맞다. 기본자세인 아브라소는 상대와 밀착되어 있을 수도 있고, 상대적으로 떨어져 있을 수도 있다. 하지만 '포옹'이라는 기본 형식은 달라지지 않는다. 탱고가 19세기 아르헨티나의 항구 도시 부에노스아이레스로 유입된 수많은 유랑민들이 모여 서로를 '위로'하기 위해 추기 시작한 춤이라는 유래를 보면, 포옹을 통한 위로와 정서적인 연결, 끈끈한 유대는 탱고와 떼려야 뗄 수 없는 정서임을 알 수 있다.

세상에는 아름다운 스킨십이 많다. 친구들 사이의 손장난이나 엄마의 팔베개, 반려동물과의 입맞춤은 모두 우리를 편안하게 하는 스킨십이다. 퇴근 후 고요한 집이 싫어 무심히 텔레비전을 틀어놓는다거나 반겨줄 존재가 필요해 반려동물을 기르기 시작했다는 주변의 이야기를 종종 듣는다. 어쩌면 사람들에게는 누군가의 온기나 기적이 절실한 게 아닐까 싶다. 한동안 명동 시내 한복판에서 모르는 이들을 아무 말 없이 안아주는 '프리허그 캠페인'이 유행한 적도 있는 걸 보면, 지금은 그 어느 때보다 따스한 온기가 필요한 시대일지도 모르겠다. 나 역시도 탱고를 추고 나면 일상에서 받던

스트레스가 녹아내리면서 모난 구석이 둥글어지는 느낌을 받을 때가 있다.

상대를 껴안고 춤을 추면 '바람나기 쉽다'고 말하는 사람들을 만날 때면 반발하고 싶어 입이 간지럽다. 물론 포옹이라는 기본자세 아브라소가 사랑이라는 감정을 유발하는 '매개'가 될 가능성이야 있겠지만, 그것이 그 사람과 사랑에 빠질 수밖에 없는, 그런 달콤한 '사랑의 충분조건'은 아무래도 아닌 것 같다고 말이다.

세상의 오해가 깊은 것 같아 아쉽다. 나는 탱고를 시작한 뒤에는 매일 탱고 황금기의 음악을 듣고, 댄서들의 영상을 찾아보면서 시간을 보낸다. 대부분의 탱고 댄서들이 그럴 것이다. '부정한 사랑'에 집중하기보다 '탱고 자체'에 빠져든 이가 많을 것이다. 덕분에 벌써 몇 년째 주기적으로 만나는 친구들도 주변에 가득 생겼고, 탱고를 잘 추고 싶은 마음에 생전 안 하던 운동을 시작해 몇 년째 지속하고 있다. 평소의 나 같았으면

작심삼일이었겠지만, 탱고 덕분에 가능했던 변화이다. 탱고가 잘 안 춰져서 스트레스 받을 때가 있기는 해도, 대개는 따스한 포옹에 위로받고, 일상에서의 고단함을 녹이고 돌아오고는 한다.

아무래도 오늘은 세상의 편견과 싸우기 위해 탱고를 추러 가야겠다. 탱고를 사랑하고 탱고에만 몰두하는 이 사람들을 더욱 꼭 안아줘야지. 아주 오랜만에 만난 친구처럼 반겨줘야지. 그리고 탱고 음악에 좀 더 자유롭게 나를 내맡겨봐야지 하고 다짐한다. 내가 사랑하는 것에 대해 조금 더 편안하게 세상에 말할 수 있는 그날까지 나는 열심히 탱고를 추고, 탱고에 대한 글을 써야겠다.

작은
물고기가
되어

입덧이 가라앉는 임신 중기가 되면 탱고를 마음 놓고 충분히 출 수 있을 줄 알았다. 하지만 오산이었다. 우선 집에서 홍대까지 한 시간가량을 차로 이동하는 것도 무리고, 밤늦게까지 춤출 체력이 없는 것도 문제였다. 임신 전에는 새벽 2~3시에 자는 것도 전혀 문제가 되지 않았는데, 임신한 뒤부터는 12시만 되어도 눈이 감긴다. 평소 같았으면 훨씬 길었던 집중력도 한두 시간이면 국수 면발 끊기듯 뚝 끊어져버린다. 생체리듬이 전과 달라진 걸 느낀다. 아기와 하나의 육체를 공유해서 그런지 '원래의 나'와 '아기'의 취향이나 리듬이

한 몸에 섞여 있는 것 같다.

자꾸만 잠들고 싶고, 한동안 안 먹던 달콤한 걸 찾고, 생전 안 좋아하던 김 반찬에 밥 한 그릇을 뚝딱한다. 매운 음식을 좋아하던 내가 김치도 맹물에 헹궈 먹을 기세로 자극적이고 짠 음식을 피하고 있다. 그래도 아기와 나의 공통된 취향이 있다. 탱고다.

한번은 내가 임신했다는 걸 모르던 사람과 춤을 췄는데, 한 곡을 추고 나서는 다정하게 안아주며 축하한다고 박수를 쳐주었다. 혹시 태동이 느껴져서인가 해서 "아기가 움직였나요?"라고 되물었다. 알고 보니 제법 동그래진 배 때문이었다. 하지만 태동이 시작될 때부터 뱃속 아기는 후안 다리엔소의 음악만 들리면 콩콩 움직였다. 최근에는 밀롱가에 가서 탱고 음악을 가만히 듣고 있으면 악단 가릴 것 없이 활기차게 태동을 한다. 아기가 궁금할 땐 탱고 음악을 틀면 되었다.

탱고를 추면 물에 몸을 띄우는 것처럼 음악과 상대에 나를 맡기고 가벼워진 느낌이 든다. 괜한 우울감이나 곧 다가올 출산에 대한 두려움이 사라진 내가 남는다. 그 느낌이 좋아서 입덧이 멈추고 안정기에 접어든 후에는 1~2주에 한 번쯤 한산한 밀롱가에는 꼭 가려고 한다.

물론 임신 전처럼 춤을 많이 출 수는 없다. 그래도 한두 시간 멍하니 음악을 듣고, 남편과 춤을 추고, 익숙한 사람들과 안부를 주고받을 수 있다. 우리 부부는 임신 안정기에 접어들자마자 잠시 쉬던 요가원도 다시 등록했다. 가동력이 전 같지 않은 내 몸을 보면 괜히 주눅이 들어서 자꾸만 더 운동을 찾게 된다. 오전 7시부터 한 시간 반 정도 열심히 몸을 움직이다 보면 왠지 이번 주에는 탱고를 추러 가도 되지 않을까 하는 기대를 하게 된다. 임신했다고 무거워진 몸으로 상대를 불편하게 하고 싶지 않은 마음도 크고 말이다.

춤추고 싶은 마음이 굴뚝같아도 막상 탱고를 추러 가면 자리에 앉아 있는 시간이 길다. 커진 배가 아직은 낯설기도 하고 쑥스럽기도 해서 춤추는 걸 꺼리게 된다. 배가 낯을 가리나 싶다. 그럴 때면 나는 가만히 앉아서 아기의 꼬물거림을 느끼면서 탱고 음악을 귀에 한껏 담고 오는 것이다. 그러다 보면 꽤 오랜 시간 봐온 밀롱가 친구가 춤 신청을 한다. 나이도, 성격도, 하는 일도 잘 모르는 채로 몇 년을 봐왔지만 동네 친구만큼이나 친숙하다.

가볍게 눈인사를 하고 커진 배를 소개했다. "지난번보다 배가 더 커졌죠?" 그는 밝은 웃음으로 화답하고 조심스럽게 나를 이끌며 발을 떼기 시작한다. 빠른 음악도, 거센 음악도 그와 추면 느긋하고 차분해진다. 아무래도 나의 움직임에 맞춰주며 추고 있는 것이겠지 싶어 고마운 마음이 솟는다. 그럴수록 혹시 내가 무겁게 기대지는 않을까 염려하며 조금 더 그를 편안하게 하기 위해 나를 정돈한다. 한 곡, 두 곡, 세 곡 정도 흐르다 보면 춤을 시작할 때의 걱정은 슬그머니 사라진다. 마치 바닷속을 누비는 작은 물고기 한 마리가 된 것 같다. 음악을 느끼며 자유롭게 헤엄치는 물고기.

네 곡으로 이루어진 한 딴다의 음악이 끝나면 에스코트를 받으며 자리로 간다. 마지막까지 따뜻하고 호의적인 배웅에 마음이 좋다. 자리에 돌아와서는 막 춤추고 들어온 다른 친구와 나의 임신에 대해서, 수업 때 들은 탱고 스텝에 대해서 또 한참을 종알거린다. 방금 함께 춤을 춘 이의 아내이기도 한 친구이다. 어쩐지 모두가 연결되어 있는 듯한 안전함에 마음이 편안하고 느긋해진다. 탱고라는 바닷속에서 곧 엄마가 될 작은 물고기는 아무래도 이 밀롱가만큼 안전한 곳을 찾기는 쉽지 않을 거라고 생각한다. 몸이 허락한다면, 아기가 괜찮다면, 가능한 자주 나오고 싶다며 아쉬움을 달랜다.

요가원의
미운
오리 새끼

임신하고 탱고를 추러 가는 빈도가 줄면서 동네 요가
원에는 전보다 자주 가고 있다. 전에는 요가를 하고 나
면 탱고가 잘 춰져서 좋았다면, 임신 후에는 이틀 이상
운동을 하지 않으면 허리가 아프고 등도 저리고 기분
도 축 처지는 것이 영 불편해서 간다. 몸이 가벼워지는
만큼 마음도 가뿐해진다. 하루의 행복감은 가뿐한 신
체에 비례하는 것 같다.

요가 수련생 중 유일하게 임신한 사람이지만, 그래도
괜찮다. 임신부는 환자가 아니라고, 일상생활을 충분

히 해낼 수 있다고 격려하는 원장님 덕분이다. 원장님은 임신한 내게 몸을 아끼라는 말보다 "할 수 있다"는 말을 더 많이 한다. 눈빛을 반짝이며 "이건 아기가 좋아하는 자세예요"라고 할 때면 나는 더 힘을 낸다.

요즘 요가원에서 말을 트기 시작한 친구가 있다. 배우 차승원과 느낌이 비슷해 나는 속으로 그를 요가원의 차승원, '요차'라고 부르기로 한다. 호주에서 태어난 그는 훤칠한 키에 요가와 유산소 운동으로 다져진 균형 잡힌 몸을 가졌다. 회색 톤의 긴 파마머리에 해맑게 웃는 그는, 수업이 끝나면 요가원 한 벽을 차지하고 있는 커다란 창문 옆에 앉아 한국어 공부를 한다. 호주에서 반평생을 살았고, 한국에서도 반평생을 살고 있지만, 여전히 한국어가 어렵다며 영어로 이야기를 한다.

요차는 알고 보니 나와 몇 살 차이 나지 않는 딸을 둔 지천명의 아버지였다. 새벽부터 요가원에 나와 일찌감치 운동을 마친 그는 한국어 책 한 권을 펴놓고 연필을 쥐고 요가원 친구들에게 미주알고주알 근황을 묻는다. 그날도 나는 요가를 마친 뒤 씻고 나오는 남편을 기다리고 있었는데, 요차는 어김없이 내게 요가는 언제 왜 시작했으며, 임신한 지는 얼마나 되었는지, 남편하고는 어떻게 만났는지 같은 걸 호기심 가득한 눈으로 물었다.

"탱고를 추다가 만났다고? 탱고 추는 사람은 처음 봐."

요차의 반응이었다. 남편과 둘이 탱고를 추는 영상도 보여주니 그럼 밤에 탱고를 추고, 새벽에는 요가를 나오는 거냐며 두 눈이 동그래졌다.

"그러니까 탱고를 잘 추고 싶어서 요가를 하는 거라고?"

나는 고개를 끄덕였다. 요즘에는 임신으로 달라진 몸이 불편해져 그에 맞게 운동을 하는 것이기도 하지만,

원래 헬스 PT도 받아봤고 필라테스, 발레, 폴 댄스 등 안 해본 운동이 없는 것 같다고, 다 탱고를 추는 데 도움이 되었으면 하는 마음에서 시작했던 운동이라고 말했다. 이른 아침에 요가 수련을 하는 우리 부부가 늦은 밤까지 탱고를 춘다고 하니 못 믿겠다는 눈치다. 게다가 힘들다고 소문난 아쉬탕가 요가를 수련하는 이유가 탱고를 위한 것이라니. 요차의 반응에, 어쩐지 요가에 전념하는 요기들 사이의 미운 오리 새끼가 된 것 같기도 하다.

"그래서 네 운동의 메인은 '요가'가 아니라 '탱고'라는 거지?"

요차는 참 궁금한 것도 신기한 것도 많다. 나는 일단 고개를 끄덕이기는 했지만, 탱고는 '운동'이 될 수 없다고 생각한다. 걷는 양이 많기는 하지만 그것만으로 하루 필요 운동량을 채우기에는 아무래도 부족할 것이다. 탱고와 비슷한 영역을 굳이 꼽자면, 산책이나 명상이지 않을까. 그래서인지 탱고를 추는 사람들 중에는 따로 몸 관리를 하는 사람들이 많다. 계절마다 등산을 다니는 사람, 척추 교정과 코어 근육을 위해 필라테스를 하는 사람, 유연성과 단단한 밸런스를 갖고 싶어 폴댄스를 하는 사람 등 다양하다. 그것도 아니면 집에서 스쾃을 몇 세트씩 하는 사람도 있다.

요차와 이야기를 하다 보니, 탱고를 시작하면서 운동 습관 하나를 선물로 받은 것 같다고 생각했다. 탱고 이전의 나는 운동의 필요성을 크게 느끼지 못했고 굳이 운동을 찾아서 하지도 않았다. 신체를 적절하게 사용할 때 머리가 맑아지고 고요해지는 게 얼마나 좋은 건지 전에는 몰랐다. 탱고를 시작한 이후의 나는, 헬스장에서 코어 근육을 강화하기 위해 이를 악물고 운동을 하고, 발레 수업에 가서는 맨 앞에서 너무 열정적으로 참여하다가 토하러 화장실에 달려갈 정도로 운동에 열심이다.

이전보다 건강한 몸이나 부지런한 생활 습관을 가질 수 있었던 건 결국 탱고 때문이었다. 그동안 누구도 무너뜨릴 수 없었던 내 게으름을 이겨내게 한 것이 바로 탱고를 잘 추고 싶은 마음이었던 것이다. 여전히 탱고를 잘 추려면 한참이나 멀었지만, 앞으로도 이어질 이 긴 여로에 좋은 체력과 단단한 몸을 가지게 된 것이 꽤나 마음에 든다. 좋아하는 일이 나를 발전시킨다면 그보다 바람직한 건 없지 않나 싶다. 무언가를 하고 난 뒤에 마음이 충만해진다면, 그 과정이 힘들지라도 결국 스스로에게 긍정적이고 행복한 일임을 안다. 그런 의미에서 요가원 친구 요차도, 건강한 몸과 마음이 필요한 사람이라면 누구든지 한 번쯤 탱고를 접해보면 좋겠다.

두려움을
이겨내기 위한
선택

"병원을 옮기려고 하는데요."

산전 검사부터 우리 부부를 맡아준 산부인과 과장님
눈이 동그래졌다. 언제나 반가움 가득한 얼굴로 맞아
주고 늘 잘하고 있다며 칭찬을 아끼지 않는 젊은 의사
선생님이었다. 그는 내가 자연주의 출산을 하기 위해
병원을 옮기겠다고 하자 놀란 눈치였다.

"아니, 왜요? 나도 무통주사 안 놔줄 수 있는데. 산모가
원하는 대로 하는 게 맞지만, 하지만 안 아프고도 아기

낳을 수 있는데 왜 굳이…. 그래요, 물론 당사자가 제일 많이 고민했겠죠. 그런데 정말 왜요?"

나처럼 자연주의 출산을 위해 병원을 옮긴 지인의 이야기를 들은 적이 있다. 그분의 담당 의사 선생님은 본인 동생이 자연주의 출산을 하겠다고 하면 도시락을 싸들고 다니며 말릴 거라며 완강하게 만류하기도 했다고 한다. 자연주의 출산은, 마취나 진정, 수술 등 의료적인 처치나 개입을 최소화하는 출산 방법이다. 그래서 보통 무통주사를 맞지 않고 회음부 절개, 관장, 제모 등을 하지 않는 걸로 알려져 있다(물론 필요시에는 무통주사 처치나 유도 분만을 하기도 한다). 출산을 준비하면서 책도 찾아보고 인터넷 검색도 했는데 자연주의 출산을 권하는 사람도 있지만 또 유난스럽게 보는 의견도 꽤 많은 걸 알 수 있었다.

10년 전, 새언니의 출산에 동행했던 기억이 생생하다. 오빠가 직장에서 바로 올 수 없는 상황이어서 가까이 있던 내가 진통중인 새언니와 함께 병원으로 급히 갔다. 새언니는 출산을 준비하던 병원에 도착했다가 갑자기 대학병원으로 옮겨야 했다. 아기는 무사히 태어났지만 당시 수술실 문 앞까지 튄 새언니의 핏자국은 아직도 잊히지 않는다. 그렇게 고생한 새언니는 본인이 아니라 남편, 그러니까 오빠에게 트라우마가 생길까 걱정했다는 이야기를 나중에 들려주었다.

임신부터 출산, 거기에 남편의 트라우마 걱정까지 그 지난한 과정은 오롯이 여자만의 몫이어야 할까. 남편과 그 부담을 나눌 수 있다면, 아내의 몸도 마음도 훨씬 편안해질 텐데. 임신하고 가장 많이 느끼는 건, 심리적으로 불편할 때면 여지없이 신체적인 반응도 나타난다는 점이다. 남편이 곁에서 잘 보살펴만 주면 널뛰는 호르몬 변화도, 늘상 토할 것 같은 입덧도, 밤이면 배가 당기고 뭉치는 고통도 다 견딜 만하다. 문득 그런 생각이 들었다. '출산도 좋아하는 탱고처럼 남편과 함께할 수 있다면 얼마나 좋을까. 남편들도 자기 역할을 훌륭하게 소화해낼 수 있는데, 세상은 그럴 기회조차 주지 않는 것이 아닌가?' 싶었던 것이다.

우연히 알게 된 자연주의 출산은 내가 바라오던, 남편과 아내가 함께 만들어가는 출산의 모습이었다. 남편과 내가 한 쌍이 되어 탱고를 추듯 말이다. 아기를 품는 것도, 낳는 것도 엄마의 몸이지만 임신기를 잘 버틸 수 있게 하는 데에는 남편의 역할이 생각 이상으로 중요하다. 아기를 위해, 가족을 위해 건강식을 챙겨 먹거나 함께 산책을 하고, 아침 운동을 가는 일, 혹은 역아를 돌리기 위한 체조까지 남편의 배려와 참여가 절실하다. 누구에게나 두려운 출산을, 가장 소중하고 든든한 존재와 함께한다면 조금은 괜찮지 않을까.

춤 추 듯
출 산 할 수
있 다 면

임신 30주 차가 되어서도 아기가 거꾸로 자리 잡고 있었다. 다음번 진료까지는 제자리로 돌아올 수 있게 잠자기 전 부부가 함께 간단한 몇몇 동작을 하라고 안내받았다. 내가 침대에 옆으로 누워 다리를 바닥 쪽으로 이완하고 있으면, 남편이 내 골반을 양손으로 밀어 몸의 균형을 잡아주면서 아래쪽으로 충분히 이완할 수 있게 해주는 '사이드 라잉' 동작이나 역자세 같은 것들을 주 2~3회, 많게는 주 5회씩 했다. 사이드 라잉의 경우에는 한 번 하면 15~20분 정도 남편의 도움이 필요하다.

자연주의 출산 방식은 이렇다. 출산 당일, 가정집과 비슷한 분위기의 방에서 남편과 좋아하는 음악을 듣기도 하고(조산사 선생님은 긴장을 풀 수 있도록 함께 볼 영화를 다운로드해 오라고 하셨지만 우리는 탱고 영상을 볼 생각이다), 기운이 빠질 때는 가볍게 음식을 먹기도 하면서 진통 시간을 보낸다. 필요하다면 물속에서 진통을 줄일 수 있게 수중 감통도 하고, 자유롭게 움직이면서 출산을 기다린다. 차가운 수술실에서 혼자 잠에 들거나 낯선 공간에서 막연히 두려움에 떨지 않아도 된다. 남편과 호흡하면서 출산에 가장 중요하다는 사랑 호르몬, 옥시토신 분비가 충분히 이루어지도록 남편의 마사지를 받는다. 또 둘라Doula(고대 그리스어로 '도움이 되는 여자'라는 뜻. 출산 전후, 출산 과정을 돕는 사람이다)와 조산사의 케어를 받는다. 응급 상황을 대비해 평소 진료를 봐주시던 의사 선생님도 대기한다. 아기가 나오기 전까지의 진통이 죽음 코앞까지 가는 고통이라는 점은 모든 형태의 출산에서 변하지 않는 진실일 테지만, 오롯이 나의 출산을 돕기 위한 든든한 존재들이 있다는 것만으로도 산

통을 버텨낼 수 있는 힘이 된다.

그러니까 두려움 때문에 한 선택이었다. 남편과 많은 과정을 함께할 수 있다면, 불안하고 초조한 임신과 출산까지 그 기간이 조금이나마 괜찮지 않을까 싶었던 것이다. 자연주의 출산을 할 것이라는 나에게 대단하다고 하는 주변의 반응도 있었지만, 사실 이 선택에 특별한 용기가 필요하지 않았다. 우리가 처음 만나 8년 전부터 탱고 파트너십을 시작하고, 서로를 알아가고, 그에 맞춰 조정해갔던 과정들처럼 출산을 준비하는 과정도 비슷하겠거니 했다. 운동이나 식단은 꼭 출산이 아니더라도 탱고를 시작하고 나서 몸에 밴 좋은 습관 중 하나였다. 처음부터 출산을 위해 대단하게 운동 습관이나 식단을 조절한다기보다는 원래의 일상에서 '탱고'라는 목표 외에 '출산'이라는 또 다른 경유지 하나를 추가했을 뿐이었다.

나는 남편과 춤을 추듯이 아이를 낳고 싶다. 혼자 추는 춤이 아니라 함께 걷는 춤인 탱고처럼. 너무 고통스러울 때면 이탈리아 남부로 갔던 탱고 여행을 떠올릴 수 있게 가볍고 경쾌한 오스발도 프레세도의 〈카프리 섬〉을 들을 것이다. 좋아하는 아르헨티나 댄서 노엘리아의 영상을 보면서 그녀의 깃털 같은 움직임에 감탄하다가 출산 중인 것도 잊어버리고 싶다.

짐볼로 골반을 풀다가 안 되겠다 싶으면 남편하고 탱고를 추고 그런 우리 모습에 어이가 없어 웃다 보면 어느새 아기를 만날 수 있지 않을까? 실제로 자연주의 출산을 하는 사람들의 영상을 보면 골반을 풀기 위해 진통 중에 춤을 추던데 우리는 우리의 탱고를 추면 되지 않을까. 탱고를 추다가 감정에 북받쳐 우는 사람도 있다던데, 나도 드디어 탱고를 추면서 울어볼 기회가 생긴 걸까 기대가 되기도 한다. 나는 반짝이는 눈물을 살며시 우아하게 흘리기보다는 야생동물처럼 포효하듯 크게 울어버릴 것 같기는 하지만 말이다.

출산에도
탱고

하루 꼬박 진통을 하고 아기를 만났다. 진통 중에는 이 고통이 영영 끝나지 않을 것 같아 포기하고 싶은 마음이 수십 번 들었지만, 아기 머리가 보인다는 조산사 선생님의 말에 힘을 냈다. 마지막으로 한 번 더 힘을 내보자는 격려에 젖 먹던 힘까지 끌어냈다. 곧 아이가 내 품에 올려졌고, 그제야 기쁨이 차올랐다.

열 달 동안 내 안에서 함께 숨 쉬던 친구가 너였구나. 아기야. 반가워. 고생했어. 애썼어, 아기야.

아기를 무사히 만나게 해준 선생님들에게 감사하다는 말, 아기에게 고생했다는 말, 애썼다는 말을 연신 읊조렸다. 내 몸을 등 뒤에서 받쳐주던 남편은 이제 막 뱃속에서 나와 꿈틀거리는 아기를 보며 마침내 웃었다. 틀어놓았던 조용한 음악에 더해진 아기의 거센 울음소리, 생동하는 움직임, 어두운 조명까지 모두 애니메이션의 한 장면 같아 남편은 그 순간이 현실적이지 않았다고 한다. 나는 귓가에 남편이 속삭이던 것이 기억난다. 남편이 내게 어떤 말을 했는지 정확히는 모르겠지만 환희와 안도로 뜨끈한 기운이었던 건 확실하다.

계획했던 대로 출산을 하면서 탱고 음악들을 들었다. 남편 품에 안겨 눈물 콧물 흘리며 있다가 프레세도의 〈카프리 섬〉이 나왔을 때는 즐거웠던 이탈리아 여행이 떠올라 나도 잠깐 웃었다. 오랜만에 고개를 들어 남편과 눈을 맞추고 "〈카프리 섬〉이네"라고 말하기도 했다. 음악을 틀었던 건 아기의 움직임이 태동 검사에 잡히지 않아서였다. 출산을 도와주던 둘라님은 아기가 잠든 것 같다고 했지만, 남편이 탱고 음악을 트니 아기는 다시 활발하게 움직였다. 탱고 음악만 들었다 하면 뱃속에서 발차기가 세졌던 태동을 기억한 남편의 아이디어였다.

38주 차에 이미 초음파 상으로 3.77킬로그램으로 예상되어 상위 5퍼센트에 속하는 큰 아기라는 이야기를 들었던 터였다. 41주가 넘어가니 점점 더 초조해졌다. 주변의 연락을 모두 남편에게 받아달라고 할 정도로 불안했다. 혹시 내가 달콤한 음식을 많이 먹어서 아기가 감당 못하게 커지는 건 아닐지 불안했다. 주말에는 충분히 걷기 위해 남산이나 남한산성에 가고, 주중에는 출산 리허설이나 모유 수유 교육을 위해 조산사 선생님을 만나러 갔다. 아기를 기다리는 시간이 설레면서도 무서웠다.

파인애플이나 매운 음식을 먹으면 자궁 수축이 올 수 있다고 해 파인애플도 세 통이나 먹고, 임신 기간 내내 멀리했던 매운 음식도 연달아 먹었는데 아기는 나올 기별이 없었다. 그러던 41주 3일 차 새벽, 진통이 시작됐다. 초산의 경우 진통 간격이 5분 내외면 병원으로 가야 하는데 나는 처음부터 그보다 간격이 좁았다. 식사를 조금이라도 하고 오는 것이 좋겠다는 병원 측 연락을 받았지만 밥은 잘 넘어가지 않았다.

아침에 병원으로 향했다. 병원에 도착한 뒤부터 진통은 3분 간격으로 찾아왔다. 하지만 조산사 선생님은 지금보다 진통이 훨씬 세져야 아기가 나온다고 했다. 병원 도착 후 출산까지는 총 16시간이 걸렸는데, 진통 간격은 내내 3분으로 쉴 틈 없이 괴로웠다. 남편의 손을 꼭 잡고, 땀나듯 흐르는 눈물을 막지도 못하고 숨을 내쉬었다. 여느 드라마에서처럼 살려달라고 소리칠 힘도 없었다. 남편의 손을 꼭 쥐고 젖은 눈을 감고 있을 뿐이었다.

그날 자정이 넘어서도 아기는 완전히 내려오지 않았

다. 허리는 부서질 것 같은데 출산까지 너무 오래 남은 듯해서 선생님들에게 어떻게 하면 아기를 낳을 수 있는 거냐고, 내가 잘할 수 있는 방법이 있다면 좀 알려달라고 물었다. 남편의 품에 안기고, 둘라의 마사지를 받고, 수중 감통도 했지만 끝날 기미가 보이지 않았다. 견딜 수 없겠다 싶을 무렵 남편이 등 뒤에서 말했다.

"괜찮아. 정말 조금만 더 힘내면 돼."

진통을 겪는 동안 모든 말은 뿌옇고 흐리게 들렸는데 막바지의 이 말만큼은 명료했다. 어느새 두 명의 조산사와 한 명의 둘라, 그리고 남편 총 네 명이 내 몸을 둘러싸고 있었다. 얼마 지나지 않아 의사 선생님이 들어왔고, 아기가 내 품에 안겼다.

아기는 출산 예정일을 열흘 넘겨 느긋하게 나왔다. 무사히, 무탈하게만 만나자던 남편과 나의 간절한 바람대로 세상에 무사히 나왔다. 24시간 진통에 탯줄을 감고 있었어도 아주 건강했다. 아기는 열 달간 의지해온 엄마의 몸으로부터 첫 독립을 했다. 아빠의 도움을 받아 엄마와 연결된 탯줄을 끊어내고 마침내 안전하고 편안하게 세상의 공기를 마셨다.

남편과 나는 출산 예정일이 아르헨티나 국민 탱고 음악가 오스발도 뿌글리에세와 생일이 같다며 철없이 기뻐했지만 그렇게 되지는 않았다. 예정일에서 일주일이 더 흐르고, 이번에는 아르헨티나에서 가장 사랑받은 탱고 가수 카를로스 가르델이나 음악가 훌리오 데 카로의 생일과 같은 날이 되겠다고 또 한 번 기대했지만 그렇게 되지도 않았다.

아기는 엄마 아빠의 취미 생활과는 무관하게 자기가 원하는 날, 원하는 시간에 태어났다. 잠들었다가도 탱고 음악에 깨서 움직여가며 한 발 한 발 천천히 세상에 나왔다. 아기는 엄마 아빠가 사랑하는 탱고 같은 건 모르고, 그저 자기의 보폭에 맞춰 세상에 나아갈 것이다.

이렇게 또 하나의 새로운 문을 셋이 함께 열었다. 둘이 아닌 셋이 추는 우리의 춤이, 우리의 여정이 마침내 새롭게 시작된 것이다.

사 랑 의
줄 을
이 어 나 가 며

결혼 후에 달라진 점이 있다면 자주 엄마가 보고 싶다
는 것이다. 엄마는 10년 전에 서울에서의 일과 생활
을 정리하고 시골로 내려갔다. 나도 중간 중간 외국에
서 지냈기 때문에 따로 지내는 것이 익숙할 대로 익숙
한데도 엄마가 보고 싶다. 타국에서 홀로 지낼 때에도
엄마에게 보고 싶다고 말한 적이 없었다. 보고 싶지 않
았다는 것은 아니었다. 그보다 엄마가 늘 내 곁에 있는
것만 같았다. 나는 결혼 전까지 엄마와 떨어져 지내도
크게 분리감을 느껴본 적이 없었다.

내 결혼식에서 엄마는 직접 쓴 편지를 읽어주었다. 그리고 엄마는 나의 결혼식을 기점으로 당신으로부터 나를 완전히 내보냈다. 오래전 엄마 뱃속에서 나를 내보냈듯 엄마와 내가 연결되어 있던 '붉은 줄'을 그 편지로 다시금 잘라낸 것 같았다. 편지에는 아픈 말이 하나도 없었다. 엄마에게 내가 도달한 순간부터 내가 엄마에게 '보배'가 아니었던 순간이 없었다는 것, 커다란 느티나무 같은 남편이 항상 나를 예쁘게 봐주어 고맙다는 것, 그리고 이제 '보배'와 '보배의 보배'가 반듯한 두 알의 피땅콩처럼 잘 지내라는 이야기였다. 덧붙인 '보배를 잘 부탁한다'는 말과 '더 이상 이 아이 걱정 안 한다'는 말이 그런데 섭섭하게 들렸다.

엄마의 속마음을 가장 애틋하게 들은 날이었는데, 이상하게도 나는 그날부터 '엄마 딸 보배'가 아닌 '남편의 보배'가 된 것 같았다. 난생처음 엄마와 분리되었다고 느꼈다. 내가 엄마로부터 떨어지고 싶어 한 적은 있어도, 엄마가 나를 내보낸 일은 없었기에 기분이 묘했다. 간혹 친구들 중에 결혼하면 엄마가 보고 싶어서 울기도 하고, 그래서 갑자기 친정에 찾아갔다는 이야기를 들으면서 난해했던 적이 있는데, 이제는 이해가 되었다. 결혼 이후 나도 종종 엄마가 그리웠다.

얼마 전 엄마에게 드릴 그림을 그렸다. 엄마의 시골 황토집에 놓을, 엄마 냄새를 그린 그림이었다. 흰색, 노란색, 황토색, 그리고 약간의 푸른색을 섞으니 옅은 분홍의 색감이 나왔다. 자연을 좋아하고 겁이 없는 엄마와 잘 어울렸다. 그림을 그리는 동안 나는 무척이나 편안하고 즐거웠다. 다른 이에게 줄 그림을 그릴 때에는 색을 고를 때에도 한참 망설였는데, 엄마를 위해 그리는 그림은 그렇지 않았다. 엄마는 내가 좋아하는 것을 좋아한다. 이런 확신은 나를 편안하고 행복하게 한다.

가족으로부터 느끼는 행복감과 편안함은 아마도 세상에 존재하는 가치 중 유일무이한 것이라는 생각이 든다. 내가 어떤 실수를 하든, 누군가는 그 실수마저 사랑해줄 것이라는 확신이 들 때 그와 일체감이 들고 자유로움까지 느낀다. 그 자유로움과 일체감은 깊은 신뢰에서 오는 것일 듯하다. 결혼 후에 나는 엄마로부터 받은 그 신뢰와 에너지를 조금씩 남편으로부터 받고 있다. 나는 이제 언제든 편안하게 발 뻗을 곳을 찾고 싶으면, 엄마보다도 남편을 우선 찾을 생각이다. 더불어 부모님과 쌓아온 사랑의 시간 그 이상으로 남편과 함께 보내게 될 것이다.

아마도 나는 엄마와 끊어진 붉은 줄을, 빨간 인연의 실로 엮인 남편에게 이어 붙이는 중인 것 같다. 연인으로서의 실이 새빨간 가느다란 실이었다면, '가족'으로서의 그것은 '실'이 아닌, 엄마와의 것처럼 굵은 '줄'일 것이다. 그리고 이 줄은 우리 둘 사이의 새로운 생명체인 아이에게도 닿았다. 이 줄을 통해 나 역시도 남편과 아기에게 무한정의 신뢰와 사랑을 보내주어야겠다고 다짐한다. 아마도 요즘 내가 엄마를 보고 싶어했던 이유는, 새롭게 연결된 가족의 줄이 완성되는 과정에서

오는 혼란이 엄마에 대한 그리움으로 나타난 것이 아닐까 싶다. 새로이 단단해지는 우리 가족의 연결도 사랑 안에서 무사히 견고하게 다져지면 좋겠다.

우리의

모든 것이

탱고야

2016년 세계 탱고 챔피언십 우승자
멜리사 사치 & 크리스티안 팔로모와의 인터뷰

방콕에서 탱고를 시작한 뒤 탱고 음악이나 악단, 댄서
들을 소개하고 인터뷰하는 팟캐스트 〈탱고 앙헬리스
Tango Angeles〉를 구독하게 되었다. 상대적으로 탱고를 추
는 사람이 적은 태국에서 탱고를 처음 시작한 것이라
정보가 충분하지 않았고, 궁금한 것도 많은 나에게 유
익한 팟캐스트였다. 부에노스아이레스에서 태어나 열
살 무렵 미국으로 이주한 로널드가 진행했는데 그의

낮고 느린 목소리는 백색소음처럼 편안해 혼자 있는 집에 가만히 틀어놓기 좋았다.

어느 날 그간 업로드된 목록을 보다가 '탱고 챔피언'이라는 단어가 내 시선을 잡아 2016년 세계 탱고 챔피언십 우승자 멜리사 사치와 크리스티안 팔로모의 인터뷰를 듣게 되었다. 그리고 영상까지 찾아보고는 곧 그 둘의 춤에 매료되고 말았다. 두 사람이 처음 파트너가 된 운명 같은 이야기, 하루 7시간 동안 서로의 탱고 스타일에 맞춰보기 위해 걷기만 한 이야기를 팟캐스트에서 들은 후라 그들의 춤이 더 끈끈하고 정교해 보였다.

나중에 한국에 돌아와 다니던 탱고 학원에서 운 좋게 이 커플의 현장 수업을 들을 수 있었다. 실력은 당연하고, 친절하고 꼼꼼한 티칭에 감탄했다. 고마운 마음에 채식을 하는 멜리사를 위해 이태원의 비건 식당에 가 저녁 식사도 함께 하고, 코로나 기간에는 온라인 수업을 들으면서 인연을 이어갔다. 한국 방문 당시 공연 포스터 뒤에 사인을 받을 정도로 나의 탱고 인생 첫 아이돌 스타였지만, 이제는 어느새 믿음직한 선생님이자 친구가 되었다. 한국의 탱고판에 그들의 이야기를 직접 전하고 싶어 둘에게 인터뷰를 요청했다.

아르헨티나 사람 특유의 호탕함으로 시원하게 인터뷰 제안을 수락한 크리스티안과 멜리사는 약속 시간에 환한 얼굴로 줌 화면에 나타났다. 영상 속 그들은 여전히 활기차고 진지했으며, 곁에는 벌써 세 살이 된 막시모가 함께 있었다.

ツ

둘이 파트너십을 시작하게 되었을 때
이야기를 다시 듣고 싶어.

크리스티안 ____ 우리가 처음 만난 건 2012년 9월 어느 토요일 밀롱가에서였어. 세계 탱고 챔피언십에 나가고 싶었던 나는 새 파트너를 찾아야 하는 상황이었지. 거기에서 멜리사를 봤어. 주변에서는 내가 멜리사에게 감히 춤 신청을 못 할 거라고 했지만 나는 아랑곳하지 않고 바로 멜리사에게 갔지. 밀롱가가 끝날 무렵에 나오는 마지막 딴다였나, 그전 딴다였나 그랬을 거야. 나는 멜리사에게 춤 신청을 했고, 우리는 다리엔소 음악에 춤을 췄어. 나와 멜리사의 첫 탱고는 놀라울 정도로 잘 맞았어.

밀롱가가 끝나고 연락처를 물어보고 싶었지만 이미 멜리사는 떠나고 없었어. 다음날 밀롱가 주인이 페이스북에 올린 사진을 뒤적이며 멜리사를 찾았어. 그때는 이름도 몰랐지. 멜리사가 앉아 있던 테이블을 찾아서 밀롱가 주인에게 이 자리에 앉아 있던 사람 이름이 뭐냐고 물었더니 '멜리사 사치'라고 하더라고. 오케이! 곧장 페이스북 친구 추가를 하고, 인사를 한 뒤에 같이 연습하고 싶다고 말했어. 그렇게 며칠이 지난 뒤 우리

는 연습을 시작했고, 벌써 10년이 훌쩍 넘었네. 그렇게
연인도 되고, 아기도 낳았지.

**탱고를 연습하다 보면 갈등이 잦은데
싸우지는 않았어?
둘만의 특별한 해결 방법이 있는지 궁금해.**

멜리사 —— 없어. 하하. 탱고 커뮤니티 사람들에게
말하기 너무 슬프지만, 그런 방법은 10년 넘게 찾아봤
지만 없어….

크리스티안 —— 아냐, 아냐. 나는 많은 걸 바꾸려고
노력했어. (멜리사의 의아한 표정) 우리는 둘 다 강한 개성
을 가지고 있고, 정말 열정적이야. 경쟁적이기도 하고.
그러다 보니 초반에 다툼이 많았어. 하지만 우리는 탱
고에 굉장히 집중하고 있었기 때문에 나는 그 자체로
너무 좋았어. 멜리사는 본인이 무엇을 하고 싶은지 정

확하게 아는 사람이고, 아마 나는 그것과 좀 달랐을 거야. 나는 밖으로 보이는 무대 공연용 탱고에 연습을 더 집중을 했던 편이었고, 멜리사는 상대방에게 집중하는 내적인 에너지에 집중했어. 그럴 때마다 서로 원하는 바가 다르니 자주 다퉜지. 그렇지만 갈등을 최소화하는 방법은 분명히 있었다고 믿어.

우리는 다툼을 좋아하는 사람이 아니고 악의가 있는 것도 아니야. 그저 서로 다를 뿐이야. 나는 내가 고집이 너무 세서 다른 사람들의 이야기를 잘 받아들이지 않는 건 아닌지 가끔 걱정이 될 때도 있는데, 탱고를 하면서 다른 사람의 의견을 듣는 연습을 하게 된 것 같아. 물론 초반에는 어려웠어. 하지만 확실한 건, 천사 같은 멜리사가 없으면 어떤 탱고 동작도, 탱고 음악도 다 필요 없다는 거야. 무엇보다 중요한 게 멜리사라는 걸 깨닫고 난 뒤에는 멜리사의 이야기를 잘 듣게 되었던 것 같아. 그러면서 우리 탱고도 성장했을 테고 말이야.

217

멜리사 _____ 모든 커플들이 싸우지는 않을 거야. 하지만 우리의 경우는, 정말 모든 영역에서 달랐거든. 서로 완전히 반대되는 성향을 가지고 있을 정도야. 춤에서도 그랬지. 그럼에도 음악을 듣는 방식만큼은 비슷했어. 그게 우리가 같이 탱고 파트너십을 유지하고 춤을 즐길 수 있었던 가장 큰 이유였을 거야.

사실 나는 크리스티안이 리딩을 할 때 팔로잉을 하고 싶지 않을 때가 있었어. 아마 리더가 혼자만 춤을 즐기고 있다는 생각이 들면 내가 더 이상 리드 당하고 싶지 않다는 생각을 하는 것 같아. 그리고 나는 춤을 출 때도 즐거워야 하지만, 우리가 춘 영상을 보면서도 즐거워야 한다고 생각하거든. 나는 크리스티안보다 스스로에게 더 엄격한 편이고, 영상을 보다가 절망스러워져서 꺼버린 적도 많아. 내가 좀 더 까다롭다 보니 그것 때문에 우리가 자주 다퉜을 거야.

크리스티안 _____ 동의해. 하지만 멜리사의 완벽주의

가 우리를 성장하게 만들었어. 연습하면서 멜리사한테 지루하다는 이야기도 많이 들었지. 하하. 블랙과 화이트가 완벽하게 어우러지려면 시간이 걸리는 게 당연해. 그 과정에서 너무 다투지 않았으면 좋겠어. 파트너 말 듣는 게 가장 좋아.

☺

두 사람은 2012년 파트너십을 시작해 2013년 예선 탈락, 2015년 서브 챔피언을 거쳐 2016년 마침내 세계 탱고 챔피언의 타이틀을 쥐게 된다. 준비 기간 동안 두 사람은 오전 7시부터 탱고 연습을 시작해 오후에는 발레 트레이닝과 탱고 교습, 저녁에는 탱고 쇼를 했다고 한다. 모든 일정을 마치면 새벽 1시가 되었고, 멜리사는 지친 몸을 효율적으로 쓰고자 그 무렵부터 채식을 시작했다고 했다. 그러면서 하루 종일 탱고로 굳어진 몸을 풀려면 몸 쓰임을 다르게 하는 요가나 헬스 등 다른 운동을 병행하는 게 좋다고 조언했다.

챔피언이 되고 난 뒤에
달라진 점이나 주변의 반응이 궁금해.

크리스티안 _____ 인생에서 가장 큰 변화가 두 가지가 있는데 첫 번째가 우리 천사 막시모가 태어난 일이고, 두 번째가 세계 탱고 챔피언이 된 거였어. 세계 1위를 한다는 건 정말 너무 놀랍고 좋았어. 사실 결승에 진출한 사람들은 모두가 챔피언이 될 역량을 가지고 있어. 하지만 우리는 무조건 1등을 해야만 했어. 전년도 2등이었으니까 1등을 하지 못하면 성적이 떨어지는 거잖아. 그럴 수는 없었지.

우선 우리는 1등 할 거라고 스스로를 믿으려고 했어. 자신감이 성패를 좌우할 테니까. 그다음에는 스타일링부터 무대에서 서 있는 자세, 걸음걸이까지 모든 걸 사전에 맞추고 연습했어. 머릿속으로 대회 시뮬레이션을 수백 번 반복하면서 우리가 바라는 모습을 실제로 구현한 거야. 대회 준비 기간 중에는 아끼던 차를 팔기도 했어. 예술은 알다시피 가난하잖아. 간절했던 시기야. 세계 챔피언으로 우리 이름이 호명됐을 때 나는 완전히 다른 세상에 들어서는 기분이었어. 멜리사도 계속 울기만 했지.

멜리사 ——— 나는 앞으로 다가올 상황들이 무서웠어. 놀랍기도 하고 믿기지 않기도 했지. 우리 이름이 불렸을 때 온 세상이 깜깜해진 것 같았어. 어떤 일들이 닥칠지, 무엇을 겪게 될지 두려웠나 봐. 꽃, 비행기 티켓, 수많은 인터뷰와 사진 촬영…. 실제로 매일 텔레비전, 라디오 인터뷰에 응하느라 정신이 없었어. 전 세계 탱고 페스티벌에 초대도 많이 받았고.

오랜 시간 춤추는 삶을 산 것에 대한 보상 같았어. 말하고 나니 정말 좋네. 한 번 사는 인생에서 한 번쯤 꿈꿔볼 만한 일인 것 같아.

크리스티안 ——— 나는 전문 댄서가 되기 전에 기계를 전공했고 자동차에 푹 빠져 있었어. 그런데 탱고를 시작하면서 잘되던 자동차 사업도 그만두었지. 탱고를 하기 위해 사업을 접겠다고 했을 때 아버지는 거의 두 달을 나와 말을 안 하셨어. 물론 나중에는 챔피언이 되는 데에만 집중하라고 응원해주셨지만. 그때가 스물여덟 살 때였고 당시 세계 대회 챔피언들은 거의 20대 초반이었으니 더 늦어지면 안 되겠다 싶었어. 기계만 만지다가 처음 가본 밀롱가 때문에 내 인생이 완전히 바뀐 거야.

한국 학생들에게 전하고 싶은
특별한 탱고 비법을 하나 공개해보자면?

멜리사 —— 한국의 탱고 커뮤니티는 정말 세계 최고야. 한국 사람들이 얼마나 잘 추고, 좋은 감정과 태도를 가지고 있는지 몰라. 제일 중요한 건 지금처럼 즐기는 거야. 탱고를 즐기는 것 이상으로 중요한 건 없어.

공연이든 밀롱가든 대회든 인생은 너무 짧잖아. 항상 즐기면서 해야 잘할 수 있어.

크리스티안 _____ 한 가지 우려하는 건 완벽한 탱고 동작을 위해 기술적인 성장에만 집중하는 거야. 탱고를 '존경'하기보다는 친구들과 마시는 '커피 한잔' 정도로 생각했으면 좋겠어. 아르헨티나에서는 탱고를 얼마나 잘 추느냐가 전부가 되지 않아. 아르헨티나 사람들에게 탱고는 그들의 일상이자 인생이야.

대회에서 좋은 성적을 받기 위해
가장 중요한 것은 무엇일까?

크리스티안 _____ 각자의 개성. 대회에 나오는 사람들은 누구나 춤을 잘 춰. 그렇기 때문에 가장 중요한 게 둘만의 개성이 담긴 탱고를 추는 거야. 우리가 탱고를 가르치기 위해 전 세계를 여행하면서 아쉽다고 느끼는 게 있어. 많은 사람들이 누군가의 카피가 되고 싶어한다는 거야. 조나단 앤 클라리사나 하비에르 같은 유명 탱고 댄서들의 카피본이 되려고 하지 말고, 둘만의 춤을 추자고.

멜리사 _____ 관객이 되어 대회를 참관해서 보면 많은 커플들이 진지하게 열심히 추지만, 춤을 즐긴다는 생각은 들지 않더라고. 그래서인지 즐기면서 추는 커플은 한눈에 들어와. 경쟁에 집중하기보다 정열적으로 춤을 즐길 때 드러나는 둘만의 아우라가 가장 중요한 것 같아.

이제 사랑스러운 천사
막시모에 대해 이야기해볼까?

크리스티안 _____ 막시모는 요즘 자기만의 성격을 찾아가고 있는 건지 말을 잘 안 들어. 요즘에는 우리랑 수업을 다니면서 뿌글리에서 음악에 오초 동작을 하기도 해. 막시모가 없던 이전 세상에 우리가 어떤 삶을 살았는지 기억도 안 나.

수업하러 전 세계를 다니다 보면 시차, 언어, 문화, 음식 모든 게 달라져서 아이를 데리고 여행하는 게 쉽지는 않아. 막시모도 우리랑 여행 다니는 게 힘들 거야. 아이를 돌보다 보면 꼼꼼하게 챙겨야 할 것들이 많아. 하지만 가족을 가지는 것과 탱고를 함께 하며 여행을 다니는 것, 이건 우리 인생 통틀어 가장 아름다운 경험이야.

멜리사 _____ 아기를 낳은 뒤 탱고도 인생도 모든 게 바뀌었지만, 동시에 내 인생 최고의 시절을 묻는다면 '지금'이라고 답할 수 있어. 출산 후에 머릿속도 많이 단순해졌어. 이전에 우선순위를 두었던 것들이 이제는 더 이상 중요하지 않거든. 만약에 네가 아기를 낳고 밀롱가에 가면 어쩌면 전보다 더 즐기며 놀 수 있을지도 몰라. 중요하게 생각했던 테크닉이나 동작들이 전혀 중요하지 않아지거든. 실력에 대한 스트레스도 덜 받고 말이야. 인생에서 가장 중요한 막시모가 태어나니 다른 영역들에서 좀 더 자유롭고 편안해지는 것 같아. 그래서인지 아이를 낳고 난 뒤 내 춤이 더 좋아진 것 같다고 크리스티안이 그러더라.

임신 기간 동안 탱고는 어떻게 했어?

멜리사 _____ 나의 경우에는, 임신 기간 동안 하이힐도 안 신고 탱고도 전혀 안 췄어. 임신을 안 순간부터 온전히 아이에게만 집중했지. 자연주의 출산을 계획했고 그렇게 실행했어. 집에서 조산사와 남편의 도움만 받았지. 편안한 침대, 짐볼, 수중 분만용 욕조를 준비해서 주체적으로 진행한 출산이었어. 아이는 건강하게 태어났고, 잊을 수 없는 멋진 경험이었어.

아이를 낳고 난 뒤에는 아기에게만 푹 빠져 지냈지. 꼬박 2년 동안 탱고를 멈추고 아이와 함께하는 시간으로 보냈어. 돌이켜보면 그 2년이 내 인생 가장 아름다운 시절인 것 같아. 아마 '탱고는 우리를 기다려준다'는 말 들어봤을 거야. 맞아. 탱고는 우리를 기다려주지만 '인생'은 우리를 기다려주지 않지. 9개월의 임신 기간 후 아이가 태어나면 곧 말하고 걷기 시작한다고. 이런 건 우리 인생에서 정말 짧은 시간 동안 일어나는 일이야. 그보다 중요한 건 세상에 없지. 나의 경우에는 임신과 육아 기간이 오롯이 아기에게만 연결되어 있겠다고 다짐했던 시기야. 인생은 짧으니까. 아이에게만 집중할 수 있는 이 시간이 우리 인생에서 가장 아름다운 시절이 아닐까 싶어.

두 사람에게 탱고가 가지는 의미는?

멜리사 ⎯⎯ 내게 탱고는 내 인생이야. 부에노스아이레스에서의 수많은 추억이 담긴 장소들, 소중한 밀롱가 친구들, 세계 탱고 대회에서의 우승, 덕분에 여권에 출입국도장이 꽉 차도록 전 세계를 여행했고. 크리스티안도, 아들 막시모도 모두 탱고가 가져다준 선물이지. 탱고에 특별한 감정을 느낄 수밖에 없는 것 같아. 탱고에 정말 고마울 뿐이야.

크리스티안 —— 나도 그래. 탱고는 내 인생이고, 내 가족이고, 내 직업이지. 그러니까 탱고는 나의 모든 것이야. 지난 10년 동안 채워진 모든 게 탱고와 관련된 거라고 말할 수 있어. 나의 모든 것이 탱고야.

☺

TANGO IS EVERYTHING

탱고를 추는 사람들은 자신이 탱고를 선택한 게 아니

라 탱고가 우리를 선택한 거라고 말하고는 한다. 탱고를 시작한 이상 인간관계부터 생활 습관, 음악 취향까지 모든 것이 변화한다. 모든 이가 각자의 고유한 이야기를 품고 살아가겠지만, 나의 경우 이 커플과 놀랍게도 비슷한 인생을 살고 있다. 탱고를 추며 만난 이와 실컷 사랑하다 결혼하고, 둘 사이에 태어난 새 생명을 돌보며 커피 한잔을 마시듯 탱고 음악을 듣는다. 탱고를 춘다는 건 어쩌면 인생이 송두리째 달라질 수 있다는 이야기일 수도 있겠다.

오늘의
꼬 라 손

비밀 작전이 시작된다. 아기의 머리맡에 아슬아슬 닿아 있던 나의 팔을 조심스럽게 빼는 동시에 남편의 두툼한 손이 아기의 가슴팍을 감싼다. 나는 소리 없이 아기의 곁을 빠져나오고, 남편은 아기가 뒤척이는 순간 잽싸게 몸을 밀착한다. 탈출이다. 저녁 8시가 넘으면서 비로소 엄마의 자유 시간이 시작된다.

주방으로 가서 후숙이 잘된 복숭아를 까서 그릭 요거트에 넣고 올리브유 그리고 소금과 후추를 얼른 뿌린다. 내친김에 잘 익은 아보카도와 바나나를 갈아 주스를 만든다. 앞머리에 말린 헤어롤이 달랑거린다. 탱고를 추러 가기 전에 간단히 배를 채울 작정이다. 지난 휴일에 밀롱가에 가고 싶었지만, 고된 육아로 체력이 고갈되어 실패한 뒤 재도전이다.

밀롱가에 도착하면 밤 10시는 될 것 같다. 한숨을 쉬면서 운전대를 잡았다. 그래도 야경을 보며 드라이브를 하는 건 아기 엄마에게는 힐링이자 사치라며 위안했다. 서울의 야경을 배경으로 탱고 리듬에 춤을 추듯이 강변북로를 달렸다. 오랜만에 밀롱가에 가는 것이니 오늘 밤 실컷 놀고 오겠다고 다짐하며 운전대를 잡은 두 손에 힘을 꼭 주었다.

한 달 만에 간 밀롱가는 여전하다. 늘 보던 얼굴들, 항상 비슷한 조도의 불빛, 사람들의 뜨끈한 기운으로 높아져버린 습도, 탱고 황금기의 익숙한 음악이 오랜 친구처럼 나를 반긴다. 이미 도착해 탱고에 집중한 사람들을 가만히 바라보니 감회가 새롭다. 친숙하면서도 낯선 게 탱고와 조금은 거리가 생긴 기분이다.

남편과 동호회 발표회를 준비하며 백 번은 넘게 들었을 반가운 음악이 흘러나오자 2017년의 맑은 가을날이 떠오른다. 함께 탱고를 연습하면서 콩닥거렸던 마음. 어느 날 갑자기 탱고를 출 때 잡는 왼손이 아닌, 오른손을 잡아줄 수 있겠냐고 물었던 남편.

때때로 음악은 나를 생애 가장 아름다웠던 순간으로 이끌기도 한다. 내게는 탱고 음악이 그렇다. 그리고 오늘, 아이를 재우고 나와서 음악을 들으며 20대의 어느 날을 떠올리는 지금도 아마 먼 훗날 내 생애 가장 아름다운 순간, 꼬라손을 만끽한 순간으로 기억될 것이다.

보배 리스트

전국 탱고 동호회 및 아카데미 정보

(2025년 1월 기준 정보이며 변경될 수 있습니다)

서울

또도땅고

https://cafe.daum.net/
TODOTANGO
강남구 언주로172길 7 대명빌딩 B1

라임탱고

https://cafe.daum.net/
limetangocafe강남구 역삼로3길
20-3 베어하우스 B1

탱고 피지(PG)

https://cafe.daum.net/tangopg
강남구 강남대로 94길 55-4 B1

탱고허니 강남

https://cafe.naver.com/
tangohoney
강남구 강남대로 94길 55-4 B1

달빛탱고

https://cafe.naver.com/
thestep2011
강남구 선릉로 709 B1

서울 아르헨티나 탱고 아카데미

https://cafe.naver.com/
tangoacademyseoul
마포구 홍익로6길 10 준봉빌딩 4층

솔로땅고

https://cafe.daum.net/latindance
마포구 홍익로5길 57 B1

스윙시스터즈

https://cafe.daum.net/
swingsisters
마포구 홍익로5길 57 B1

운뽀꼬데 탱고
https://cafe.naver.com/
unpocodetango
마포구 월드컵북로2길 81-3 1층

탱고브루호
https://cafe.daum.net/
tangobrujo
마포구 잔다리로 68 YMCA 건물 B1

홍대 탱고피플
https://cafe.daum.net/tango-
people
마포구 잔다리로 48 정원빌딩 2층
라벤따나

탱고 BA
https://cafe.daum.net/tangoba
마포구 월드컵북로 2길 57 B1

프리스타일 탱고
https://cafe.daum.net/
freestyletango
마포구 양화로3길 55 B1

소셜탱고
cafe.daum.net/
flortangoacademy
마포구 동교로 201 4층

스튜디오 엘리
페이스북 Studio Elly 검색
마포구 연남로3길 72 B1

탱고 스쿨
https://cafe.daum.net/
Tangoschool
마포구 동교로 210 B1

막시모 탱고
https://www.instagram.com/
maximo.tango/
서울 마포구 월드컵북로6길 42 B1
플레이스오션

엘땅고
https://cafe.daum.net/
eltangocafe
서초구 주흥길 12 2층

올라탱고
https://band.us/@holatango
서초구 방배천로4길 48

강남탱고 판
https://cafe.daum.net/BTF
서초구 강남대로 595 경승빌딩 B1

노바탱고
https://band.us/@novatango
서초구 반포대로30길 82 우서빌딩
B1 엔빠스 스튜디오

방배 탱고피플
https://www.facebook.com/
tangolavidastudio/
서초구 방배천로 60 청도빌딩 B1 라
비다 스튜디오

탱고허니 신사
https://cafe.naver.com/
tangohoney
서초구 나루터로15길 16 B1

에이비 탱고
https://cafe.daum.net/
ArBosqueTango
성동구 성덕정9가길 2 B1

탱고카페
https://cafe.naver.com/useserver
중구 창경궁로1길 34 3층

LB탱고
https://cafe.naver.com/
lbtango3040

비바탱고
https://cafe.daum.net/vivatango

앙헬탱고
https://cafe.daum.net/
AngelTango

엘 불린 탱고
https://cafe.daum.net/elbulin

탱고 심바
https://cafe.daum.net/
nuevoclass

빅토르 걷안무
페이스북 Victor Cho Hojong 검색

경기

일산 탱고
https://band.us/@ilsantango
고양시 일산동구 무궁화로 34 남정
시티프라자 4층

탱고 스터디 라 보카
https://band.us/@laboca
고양시 일산동구 백석동 1196-2 B1

모두의탱고
https://modootango.com/
수원시 영통구 월드컵로 189 2층

수원 아르헨티나 땅고
https://cafe.daum.net/
tangosuwon
수원시 권선구 효원로256번길 23 2
층 수원 댄싱위드송

땅고부엘로
https://cafe.daum.net/
tangovuelo

대전, 충남, 충북

대전 땅고 오나다
010-6281-7907
유성구 대학로76번안길 23 지하

땅겐미
https://cafe.daum.net/
daejeontangoenmi
유성구 대학로 127-1 B1

아수까
https://cafe.daum.net/azucar
유성구 대학로 127-1 B1

탱고나무
https://cafe.daum.net/
tangonamoo
서구 관저중로 90 2층 스튜디오나무

SDT
https://cafe.naver.com/sdtdance
유성구 문화원로6번길 1 B1

대전 탱고 아카데미 까미니또
https://cafe.daum.net/dj-tango
대전시 유성구 계룡로66번길 5 3층

라붐
https://cafe.daum.net/djtango
대전광역시 유성구 대학로81번길
32-11 덕일빌딩 B1

천안탱고
https://cafe.daum.net/
Cheonantango
천안시 서북구 원두정9길 3 B1

라플라타
https://cafe.daum.net/Cjtango
청주시 서원구 1순환로674번길 48
3층 아우라 스튜디오

부산

가또땅고
https://cafe.daum.net/
GatotangO

깔리엔떼 땅고
https://cafe.daum.net/
CalienteTango

꼬르떼뇨
https://cafe.daum.net/
tangoacademycorteno
부산진구 신천대로62번길 73 4층

땅비
https://cafe.daum.net/tangostart
부산진구 동천로 132번길 6 4층

부산탱고
https://cafe.daum.net/
pusantango
부산진구 부전로 34 황제주차빌딩
2층

뿌에르또 땅고
https://cafe.daum.net/latindance
부산시 부산진구 서면로68번길 41
2층

카페 데 땅고
https://www.cafedetango.com
부산진구 서면로68번길 41 2층

부산 탱고 피플(부산 탱고 카페 이
데알)
https://cafe.daum.net/
busantango
부산진구 신천대로62번길 62 3층

대구, 울산, 경남, 경북

탱고카페 디아
페이스북 탱고카페 디아 검색
북구 침산로 168 엠브로타워 507호

마리뽀사
https://cafe.naver.com/
mariposanabi
중구 동성로2길 18-14 3층

울산탱고 쏘시에따
https://cafe.daum.net/ultango

진주 탱고피플
cafe.daum.net/jinjutangopeople
진주시 평거로 7 3층

헨떼데땅고
https://cafe.daum.net/
absorbedby
창원시 마산합포구 가포로25 B1

땅고아모르
https://cafe.daum.net/jinamor

박미탱고
https://cafe.daum.net/
dance0088

포스탱고
https://cafe.daum.net/
pohangtangoclub
남구 중앙로 83, 3층 (구)김동은
무용학원

광주, 전남

꼰땅고
https://cafe.daum.net/
contangoclub
동구 중앙로 162-1 5층 미비다 탱고
스튜디오

순천탱고
https://cafe.daum.net/
suncheontango

제주

탱고올레
https://cafe.daum.net/tangojj
제주시 도령로 102

우리의 심장이 함께 춤을 출 때

초판 1쇄 발행 2025년 4월 5일

지은이. 보배
펴낸이. 김태연

펴낸곳. 멜라이트
출판등록. 제2022-000026호
이메일. mellite.pub@gmail.com
인스타그램. @mellite_pub
디자인. 강경신

ⓒ 보배, 2025

ISBN 979-11-988338-4-6 (03810)

• 이 책의 전부 또는 일부 내용을 재사용하려면 반드시 사전에
  저작권자와 멜라이트 양측의 서면 동의를 받아야 합니다.
• 인쇄, 제작 및 유통상의 파본 도서는 구입하신 서점에서 바꿔 드립니다.
• 책값은 뒤표지에 있습니다.